네 모 난 마 음 을 창 밖 으 로 던 졌 다

오소정 지음

nobook

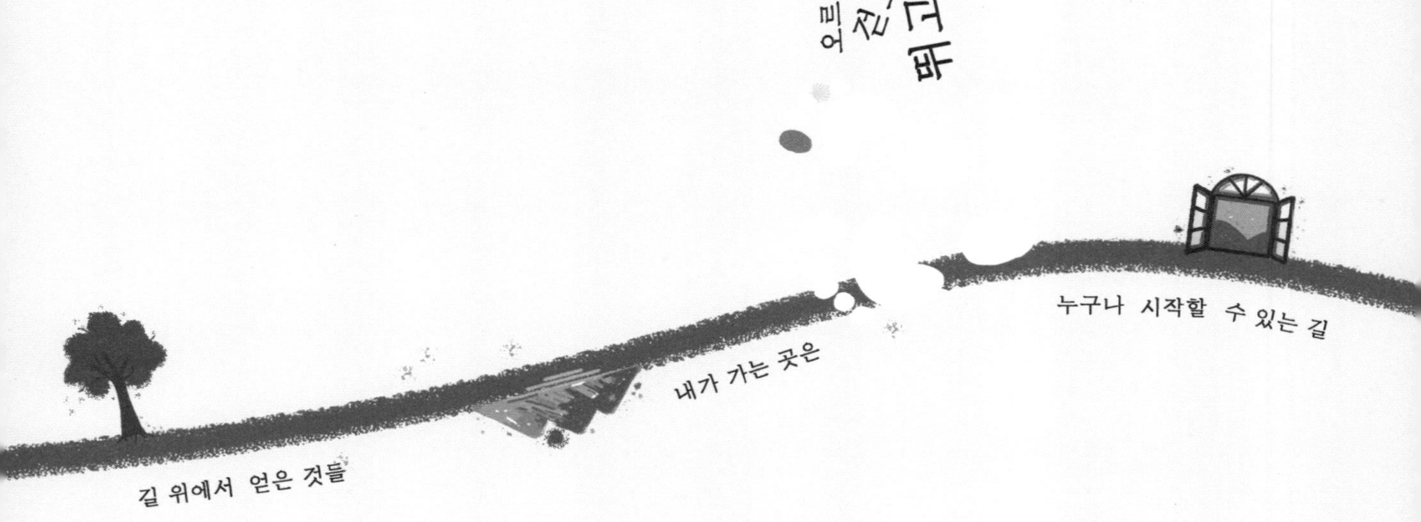

길 위에서 얻은 것들

내가 가는 곳은

오르고
걷고
뛰고

누구나 시작할 수 있는 길

목차

프롤로그

왜 갑자기?

내가 가는 곳은 회사와 집이 전부였다. 그 이전에는 학교와 집이 전부였고, 나는 대한민국 어디에나 있는 평범한 학생이자 직장인이었다.

점점 일상이라는 게 변화도 없어진 나는 지루함도 잊은 채 '그 변화'라는 게 참 두려워졌다. 주거지를 더 이상 옮기는 일도 없었으면 좋겠다고 생각했으며, 나의 생활 반경은 점차 7평 남짓한 원룸에서 방 한편의 침대로 줄어들었다.

그럼에도 불구하고, 누구에게나 변화는 찾아오기 마련이다. 내게 찾아온 변화는 운동이었다.

⋙ ⋙ ⋙

헬스를 시작한 지 3년, 달리기를 시작한 지 1년. 그리고 이제는 등산까지 좋아하게 되었다.

사실 운동이라고 해서 거창한 건 아니다. 매일 퇴근 후 "오늘 갈까, 말까?"를 고민하며 꾸역꾸역 헬스장에 가는 것. 막상 도착하면 열심히 시간을 보내는 것. 운동을 거른 날엔 살짝 불안감이 스미는 것. 이런 게 내가 하는 운동의 전부다.

그중에서도 나는 하체 운동과 달리기를 유독 좋아했다. 무거운 무게를 밀어낸 뒤, 후들거리는 두 다리로 트레드밀 위에 올라 인터벌을 뛰며 느끼는 성취감은 뭐라 말로 표현하기 어렵다. "내가 인정받는 걸 좋아하던가?" 싶을 만큼 운동 후 스스로를 인정하는 순간들이 있다. 그 순간들 속에서 묘한 고양감을 느꼈다.

예전에는 운동이 왜 좋은지 몰랐다. 하지만 운동을 시작하고 나서는 그 이유를 더 설명하기 어려워졌다.

물론 운동을 끝내고 나면 성취감이 이루 말할 수 없다. 하지만 운동하는 동안은 그냥 너무 힘들다. 가끔은 스스로에게 “내가 왜 이런 고생을 사서 하나?” 하고 묻기도 한다. 그런데도 그 감각이 썩 나쁘지 않다. 그래서 공원에서 몇 번 뛰어보기도 하고, 제주도 여행 중 처음으로 10km를 내 두 다리로 완주해 보기도 했다.

평소에도 여행을 좋아했지만, “달리고 싶어서 설레는 여행”은 또 다른 경험이었다. 뛰고 싶은 장소가 새롭게 생기는 기쁨. 그 감정은 “설렘”이라는 단어가 딱 맞는 것 같다.

이런 변화를 겪는 나에게 가족들과 친구들은 묻는다. “왜 갑자기?”

그 질문에 대한 대답을 앞으로 이 글을 통해 풀어보고 싶다. 20대의 끝자락에서 큰 변화를 맞이하려는 내가, 그 잔잔한 변화를 기록해 보고자 한다.

1장. 변화가 변화에게

누구나 가끔씩 일어나는 잔잔한 변화

졸려도 자기 싫은 밤이 있듯, 모든 걸 회피하고 그저 잠만 자고 싶은 날도 있을 것이다. 내게 운동은 그런 존재다. 가끔은 너무 하기 싫은 숙제 같고, 가끔은 하고 있던 모든 걸 내려놓고 숨 가쁘게 뛰고 싶은 순간이기도 하다.

그러니까 내게 운동은, 누구나 겪는 일상의 잔잔한 변화였다.

⋙ ⋙ ⋙

운동을 처음으로 시작하던 때에 이직을 준비하고 있었다. 합격이라는 소식을 들으면 마냥 기분 좋을 줄 알았지만, 변화를 두려워하는 나에게 이직이라는 카테고리는 또 다른 두려움의 존재였다.

이게 과연 맞는 선택을 한 것인지, 저 사람의 말

이 맞는 것인지 이 사람의 말이 맞는 것인지. 머릿속에는 무수히 많은 선택지와 미래에 대한 상상이 어지럽게 떠다녔다.

그 누구의 의견도 내게 믿음을 주지 못하던 때에 내가 의지하는 것은 운동이었다.

삐걱거리는 몸으로 처음 헬스장에 발을 들였을 때, 운동은 익숙하면서도 낯설었다. 동작은 알고 있었지만, 내 몸은 마음처럼 따라주지 않았고, 그 모습이 조금 부끄러웠다. 체력이 좋다고 자부했건만 3분만 뛰어도 숨이 턱까지 차오르고 심장이 튀어나올 것 같았다. 그럴 때마다 약간의 자괴감이 스치곤 했다.

하지만 내게 주어진 복잡하고 한 치 앞도 내다보기 힘든 현실보다야 달콤한 분출구였다.

운동이 끝나면 상기된 두 볼처럼 기분도 들떴다. 매일 꾸준히 운동하는 내 모습에서 자신감이 생겼다. "스스로와의 약속을 잘 지키는 내가, 직장을 옮긴다고 못 할 이유가 있을까?" 하는 생각이 들기 시작했다.

결국, 운동이라는 잔잔한 변화가 또 다른 변화를 수용할 용기를 내게 준 것이다.

2장. 창밖 너머

나의 첫 등산

나는 여행을 좋아했지만, 시끄럽고 사람이 붐비는 곳은 금방 지치곤 했다. 그럼에도 가끔 내 마음에 쏙 드는 장소를 발견할 때가 있었다. 2019년 여름, 프랑스 파리를 여행하던 날이었다. 이름도 기억나지 않는 푸르른 공원에서 비로소 이번 여행을 온전히 즐기고 있다는 기분이 들었다.

주위를 둘러보니 지팡이를 짚은 어르신들이 대부분이었다. 그 순간, '아, 내 취향은 내 또래와 조금 다르구나' 하고 생각했다.

돌이켜 생각해 보면 내가 좋아하는 것은 푸른 소리가 가득한 '자연'이었다.

⋙ ⋙ ⋙

SNS 속에는 갖가지 화려하고 멋진 사진들이 넘쳐났지만, 내 마음을 사로잡은 것은 주로 숲과 자연의 이미지였다. 직장을 옮긴 후에도 매일 실내 운동은 꾸준히 했지만, 실외 운동은 그다지 즐기지 않았다. 싫어하는 것은 아니었지만, 굳이 해야 할 이유를 찾지 못했기 때문이다.

그런 나를 창밖으로 이끌어 낸 것은 바로 SNS 속 푸르른 사진들이었다.

처음 시도한 것은 등산이었다. 울산바위를 바라보는 금강산 신선대의 모습은 나를 설레게 했다. '한국에 저런 바위가 있었나?' 싶을 정도로 듬직한 바위들이 어깨를 나란히 하고 있었다. 저 멋진 바위를 내 눈으로 담아 볼 수 있다면 당장 가야 한다는 결심이 들었다. 마침 속초로 여행을 떠나기로 한 나는 금강산 신선대에서 울산바위를 볼 계획을 세웠다.

그리고 오랜 내 친구들과 나의 첫 등산을 시작하였다.

운동을 꾸준히 해 온 덕분일까? 산악자전거를 타던 어르신께 칭찬을 받으며 단숨에 정상까지 올랐다. 미세먼지 탓인지 SNS에서 보던 선명한 바위의 모습은 보이지 않았지만, 남의 시선으로 보던 장관을 내 두 눈으로 직접 담는 순간, 이마에 퐁퐁 솟아난 땀방울처럼 뿌듯함이 온몸에 배어 나왔다.

온몸이 땀으로 젖고 뜨거운 봄 햇빛을 고스란히 받아내야 했지만, '가을에는 지리산을 가면 좋겠다!'라고 감히 다짐하게 되었다. 등산이 끝난 뒤에 내게 남은 것은 미래에 대한 계획뿐이었다. '다신 안 해!'라는 생각이 들면 어쩌지 하는 우려와 달리, 미끄러운 바위도 서슴없이 내딛게 하는 등산화의 매력이 계속 떠올랐고, 등산 후 시원한 오미자차로 갈증을 해소하는 기쁨이 생각났다.

이런 작은 매력과 기쁨들이 나를 창밖으로 다시 나서게 했다. 지루하던 일상 속에서 등산은 자연이 선사하는 즐거움을 내게 알게 해 주었다. 그리고 또 다른 삶의 활력을 찾아 주었다.

추운 겨울을 지나 어느 따스한 봄날, 내게 창밖을 넘어서는 새로운 변화가 일어나고 있었다.

3장. 발걸음으로 하는 명상

한 숨을 쉬어야만 살 것 같아서

"뛰다가 창밖으로 나갈 것 같아요!"

같은 직장 동료인 Y가 내게 운동하는 모습을 보며 던진 말이다.

퇴근 후 운동만큼 귀찮은 일도 없지만, 또 운동만큼 내 모든 걸 해소해 주는 분출구도 없었다. 직장을 옮기고 어느 정도 적응이 되어갈 무렵이었다. 지역도, 사람도, 일도 익숙해졌지만, 불쑥불쑥 치고 들어오는 업무 스트레스는 아무리 애써도 쉽게 극복되지 않았다.

끝이 보이지 않는 업무 속에서 가끔 숨이 턱까지 차오르는 느낌에 나도 모르게 한숨이 나왔다. 어릴 때는 어른들이 왜 그렇게 한숨을 자주 쉬는지 이해하지 못했지만, 직장생활을 하다 보니 알게 되었다. 그 한숨을 내쉬어야만 결국 내가 살 것 같았다.

그런 시기에 나는 러닝에 더욱 빠져들었다. 인터넷과 여러 글을 통해 무수히 많은 호흡법을 접했다. 누군가는 코로만 호흡해야 한다고 했고, 또 누군가는 두 번 들이마시고 한 번 내쉬는 것이 올바르다고 말했다. 하지만 처음에는 그런 것들이 중요하지 않았다.

그저 달리며 내뱉는 숨이 시원했고, 달릴 때 아무 생각도 들지 않는 상태가 너무나 좋았다.

⋙ ⋙ ⋙

퇴근 후 트레드밀 위를 달리거나 공원을 뛰는 시간이 행복했냐고 묻는다면, 꼭 그렇다고 말하기는 어렵다. 러닝은 내게 꽉 막힌 숨을 내보내는 도구였다. 어떤 직장인들이 답답함을 담배로 털어내는 것처럼, 내게 달리기는 그런 의미였다. 우스운 이야기일 수도 있지만, 달리기는 나만의 건강한 담배와도 같았다.

또 항간에 누군가는 달리기가 마치 명상과 같다고 한다. 명상이라는 것을 제대로 해본 적은 없지만, 달리기는 나를 고요하게 만드는 힘이 있다. 달릴 때면 하루 동안 쌓인 잡념과 케케묵은 먼지 같은 생각들이 하나둘 사라진다.

낮에 공원을 감싸는 새들의 지저귀는 소리가 감탄스럽고, 찡그릴 수밖에 없는 햇빛이 반갑다. 그리고 밤에는 저녁 식사 후 공원을 산책하는 사람들의 여유로운 발걸음 소리가 좋았다. 사람들의 느린 발걸음 속에 담긴 잔잔한 이야깃거리가 들릴 때면 빽빽하던 나의 회사 생활을 잊을 수 있었다.

그래서 내게 달리기는 단순한 운동이 아니라, 숨을 쉬게 해주는 명상과도 같은 존재가 되었다. 나는 달리기를 통해 비로소 삶을 호흡했고, 그 발걸음들을 더 좋아할 수밖에 없었다.

4장. 탈이 났다.

왜 앞만 보고 갔을까.

등산을 시작한 뒤 한동안 정상을 누구보다 빠르게 오르는 데만 열중하던 때가 있었다. 앞서가던 사람을 추월할 때 느껴지는 묘한 성취감, 그리고 “내 몸은 역시 강하구나!” 하는 자부심이 좋았다. 하지만, 혼자서가 아니라 같이 시작한 등산에서 앞만 보고 간 행동은 탈이 나기 마련이었다. 인생을 논할 때와 비슷하다. 앞만 보고 올라갔기에 내가 놓치는 것이 참 많았다.

한여름, 친구와 함께 등산 버스를 타고 계곡이 어우러진 국립공원으로 향했다. 더운 여름 바람이 불고 있던 그 계절에 타보는 산이란, 참으로 두근거리면서도 정해진 버스 시간 내에 하산하지 못할까 걱정이 되었다. 결론부터 말하자면, 산행 자체는 큰 어려움 없이 마쳤다. 다만, 내 마음가짐이 모든 것을 어렵고 힘들게 만들었다.

나는 등산을 시작한 지 5개월이 지날 무렵이었고, 북한산과 소백산을 이어 세 번째로 도전하는 국립공원이었다. 그러나 친구에게는 첫 국립공원 완등 도전이었다. 나 또한 등산에 제대로 된 경험이 없는 초보였지만, 친구보다 꾸준히 운동을 해와서인지 걷는 속도에서부터 차이가 났다. 그러다 친구가 이렇게 말했다.

"너 먼저 가. 뒤따라갈게."

나는 이런 친구의 배려를 덥석 받아들였고 정말로 혼자 빨리 가버렸다. 그러나 그 선택은 예상치 못한 결과를 낳았다. 체력이 부족한 친구와의 거리가 점점 벌어지더니, 어느 순간 뒤를 돌아봐도 친구의 모습이 보이지 않았다. 설상가상으로 산속 전파가 닿지 않는 구간에 들어서면서 연락마저 끊겼다. 그렇게 친구와 나는 산에서 서로를 잃었다.

그 탈로 친구는 화가 났고, 나는 머쓱하게 그 감정을 마주할 수밖에 없었다. 그때는 친구의 마음을 온전히 이해하지 못했다. 내 앞만 보고 달려간 행동이 친구에게 어떤 상처를 남겼는지 헤아리지 못했기 때문이다. 정말 서툴고 미숙했던 산행이라 말하고 싶다.

친구를 잃은 것만이 아니었다. 함께 길을 오르며 도란도란 이야기를 나누는 즐거움을 놓쳤고, 지루하고 가파른 하산길에서 서로 의지하며 느낄 수 있었던 '같이'의 기쁨을 잃었다. 뿐만 일까? 주변의 풍경과 산의 형태를 온전히 느끼지 못한 채 마음만 조급했던 나 자신도 잃었다.

돌이켜보면, 나는 종종 그랬다. 무언가에 쫓기듯 지내며 제대로 즐기지 못했던 나날이 많았다. 남들보다 한 걸음 더 빨리 가야 한다는 조급함, 뒤처지면 큰일 날 것 같은 불안감이 마음을 사로잡았다. 하지만 "여유가 없다"라는 말은 결국 내가 스스로 만든 생각이었다.

산은 늘 나에게 깨달음을 준다. 정상에 있는 돌멩이만을 향해 빠르게 오르는 것보다 함께 오르는 사람을 돌아보고, 내가 걸어온 길과 주변의 풍경을 살피는 것이 더 가치 있다는 것을. 앞만 보고 걷던 나는 산을 통해 비로소 멈추어 서서 주변을 돌아볼 줄 알게 되었다.

CAMINO DE SANTIAGO

5장. 갈래길에서

800km를 걸어보려고 합니다.

갈림길에 서서 어느 방향으로 나아갈지 결정하는 일은 언제나 쉽지 않다. 인간이 느끼는 고통 중 하나가 바로 선택의 순간이라고 생각한다. 선택이란 책임을 동반하기 마련이고, 그 책임을 온전히 감당하는 일에는 늘 고통이 따르기 때문이다. 특히 성인이 된 이후에는 모든 결정이 오롯이 나의 몫으로 돌아오기 때문에 그 무게는 더더욱 크다.

새로운 회사에 입사한 지 1년 하고도 반년이 지나가고 있을 무렵이었다. 처음의 낯설고 어렵던 순간들은 지나갔지만, 익숙함 속에서 지루함과 피로만 남아가던 때였다. 평소 여행영상을 즐겨보던 나는, 여느 날과 똑같이 출근 준비시간에 <걸어서 세계속으로>라는 프로그램을 틀어놓았다. 이번 화에 소개된 여행지는 스페인이었다. '정열과 순례의 길'이라는 제목이 눈길을 끌었다.

사실 이 프로그램은 이미 나의 일과 중 하나로 자리

잡았다. 특별한 의도 없이 틀어놓고 흘려보는 경우가 대부분이었지만, 그날의 '순례의 길'이라는 단어는 신선한 자극으로 다가왔다. 이후로도 몇 차례 우연히 접한 여행자의 영상에서 산티아고 순례길이라는 이름을 다시금 마주하게 되었다. 800km라는 거리, 니트 원피스를 입고 홀로 걷는 여성의 모습, 그리고 그 길의 풍경. 모든 것이 낯설고 새롭게 다가왔으며, 영상이 끝난 뒤에도 마음속 깊은 곳에 여운을 남겼다.

그때부터였다. 나는 산티아고 순례길을 마음속 어딘가에 접어 넣기 시작했다. 그리고 종종 그 길 위에 내가 서 있는 모습을 상상하기도 했다. "길이 나를 부른다"는 표현이 있던가? 갈래길에 서게 된 나의 시작이었다.

⋙ ⋙ ⋙

나에게 '퇴사'란 일이 쏟아져 내려와 허우적거리는 순간에 떠오르는 것이 아니라, 오히려 모든 것이 익숙해지고 지루해질 무렵에 찾아오는 존재인 듯하다. 두 번째 회사에서 일한 지 2년이 지난 어느 날, 나는 또다시 퇴사를 결심했다.

이번에는 이전과 조금 달랐다. 이직을 염두에 둔 것이 아니라 단순히 퇴사 후 휴식을 원했다. 이유는 분명했다. 나 자신을 돌아볼 시간이 부족하다고 느꼈기 때문이다. 매일 정해진 시간에 출근하고, 전쟁 같은 업무를 마친 뒤 운동을 하고, 눈 깜짝할 사이에 지나가는 밤을 보내고는 또다시 출근길에 오르는 날들의 반복. 어느 순간 문득 이런 생각이 들었다.

"도대체 내가 무슨 생각을 하며 살고 있는 거지?"

퇴사 후, 나를 돌아보는 시간이 필요했다.

솔직히 말하면, 무계획 퇴사였다. 당연히 주변에서는 내 결정을 두고 다양한 의견을 내놓았다. "쉬는 것도 좋지"라며 응원하는 이도 있었고, "용감하다"는 말을 건네는 이도 있었다. 간혹 들리는 "오류 같은 선택"이라는 부정적인 평가도 있었다.

주변의 의견에 귀를 기울였지만, 거기에서 내가 원하는 답은 찾을 수 없었다. 결국, 묻고 듣는 과정에서 나 스스로에게 물을 수밖에 없었다. 나에게 던진 질문들은 선택의 과정을 거쳐 서서히 명확해졌고, 마침내 답이 나왔다.

내 선택에 대해 불안하지 않으냐고 묻는다면, 당연히 불안했다. 어느 누가 이 선택에 대해 안도할 수 있을까. 선택의 결과 끝에 있는 불투명한 문을 열어보는 것은 항상 무서운 일이다.

하지만, 지금 이 순간이 아니면 할 수 없을 것 같은 일, 더 이상 시간이 지나면 겁이 날 것 같은 일, 지금 너무 하고 싶은 일, 오랜 시간 동안 상상해 온 일. 그러면 되었다.

어느 날, 나는 갈래길에 서서 선택했다. 산티아고 순례길을 걷기로.

두려움과 설렘이 공존하는 800km의 그 길. 익숙한 일상을 떠나 낯선 길 위에 서 보고자 한다. 그저 발걸음이 닿는 대로 걸으며, 그 길에서 나를 다시 발견하고 싶다.

6장. 그들이 썩 좋다.

순례길을 준비하며

산티아고 순례길을 간다고 주위에 알렸을 때, 가장 자주 들은 질문이 있었다.

"순례길 갈 때 뭐가 필요해?"

퇴사와 이사, 그리고 순례길 준비까지. 모든 걸 혼자 해내야 한다고 생각했지만, 예상 밖의 작은 도움들이 나의 결심을 든든히 받쳐 주었다. 가끔은 "인생은 혼자야"라며 냉소적으로 말하곤 했지만, 이번에는 그 말을 부정할 수밖에 없었다. 내 주변의 모든 이들이, 참으로 소중하고 좋다.

⋙ ⋙ ⋙

열정만큼이나 뜨거운 햇살이 가득한 스페인에서 장거리를 걷기 위해 꼭 필요한 건 햇빛을 가려줄 모자였다. 등산을 함께하던 친구는 내게 차양이 달린 모자를 선물해 주었다. 나를 위해 준비하였다며 카페에서 모자를 전달해 준 그 친구의 따스함이 좋았다. 몸이 땀으로 젖어도, 햇볕이 아무리 뜨거워도, 그 모자 하나로 모든 게 괜찮아질 것 같았다.

또 다른 친구는 건강을 챙기라며 영양제를 한가득 보내주었다. 학창 시절엔 늘 붙어 다녔지만, 어른이 되고 나선 각자 바쁜 일상 속에서 자주 연락하지 못했던 친구였다. 오랜만에 받은 친구의 선물에, 분식집에서 식탁이 넘치도록 음식을 시켜 놓고 웃었던 옛 기억이 떠올랐다. 만나지 못한 시간이 오래되어도 그 친구가 주는 따뜻하고 분식집 냄새가 날 것 같은 대화가 좋았다.

이전 직장 동료들은 나에게 우비를 건네주었다. 혹시 비가 올지 모른다며. 무려 가방까지 수납할 수 있도록 사이즈 조절이 가능하다고. 아무 우비가 아니라 순례길에 필요한 우비를 건네는 그들이 너무 고마웠다. 사실 '직장 동료'라고 하면 대게 그냥 그런 사이로 치부하기 마련이었다. 그러나 그들이 고민하고 건네준 마음을 그냥 그런 사이로 치부할 수 없었다.

이 글 속에 다 담지 못한 마음들이 참 많다.

결국 내가 하고 싶은 말은, 인생은 결코 혼자일 수 없다는 것이다. 나를 돌아보고, 온전한 나만의 시간을 갖기 위해 떠나기로 했지만, 그들이 보내준 마음이 없었다면 나는 그 길을 온전히 느끼지 못했을 것이다. 내 주위를 둘러싼 사람들이 있었기에 나 역시 온전히 설 수 있었다.

순례길 출발을 열흘 앞둔 어느 날, 문득 내 주위를 둘러싼 모든 이들이 참 좋았다. 떠나기로 결심했던 마음이 잠시 흔들릴 만큼, 그들이 썩 좋다.

39

7장. 입학생

새 학기를 여는 학생들의 마음으로

산티아고로 향하는 순례길 경로는 무수히 많다. 나는 그중에서도 대부분의 순례자가 걷는 프랑스길을 선택하였다. 이름에도 그 의미가 있듯이 프랑스에서 시작하여 국경을 넘어 스페인으로 향하는 길이다. 프랑스 파리는 이전에도 두어 번 여행을 한 적이 있어 익숙하지만, 순례길을 시작하는 생장(Saint jean pied de port)으로 가는 길은 무척이나 생소했다.

지역이 먼 것도 난관이지만, 사실 그보다 더 힘든 것은 '파업의 나라'답게 대중교통이 번번이 운행을 중지한다는 것이다. 나는 생장으로 향하는 환승지에서 그 파업의 굴레에 빠져들게 되었고, 한국에서 미리 발권한 기차가 아닌 낯선 버스에 몸을 싣게 되었다.

그런데 신기하게도 마음은 의외로 편안했다. "기차든 버스든 생장에만 가면 되는 거지." 이런 생각이 들었다. 평소에 정해진 대로 되지 않으면 불안했던 내가, 이 길 위에서 첫 번째로 마음을 여유롭게 가졌던 사건이었다.

»»→ »»→ »»→

09월 01일

9월의 첫날, 무사히 생장에 도착하였다. 도착하자마자 그동안 후기로만 봐왔던 순례자 사무소에서 순례자 여권을 발권받았고, 순례길이 끝나고 필요한 캐리어를 최종 도착지 산티아고로 보냈다. 32리터 배낭과 29인치 캐리어를 끌고 프랑스의 남쪽 끝으로 향했기에 꽤 고단했다.

수많은 영상과 사진을 통해 봤던 그 생장이라는 지역을 내 두 발로 서있으니 꿈만 같았다. 마치 동화 속에 있을법하게 생긴 이 거리가 마음에 들었다. 비록 내일이면 마을을 떠나야 했지만, 쌀쌀했던 파리와는 다르게 아직은 여름의 기운이 한껏 남은 쨍한 햇빛과 마을을 가로지르는 작은 강이 좋았다. 그리고 학교 입학 전 설렘에 가득 찬 학생들처럼, 사람들의 떨림이

묻어나는 대화 소리가 좋았다.

순례자 사무소에서는 앞으로의 길이 걱정되어 여러 질문을 늘어놓는 사람도 있었고, 자신의 가방 무게가 얼마나 되는지 가늠하기 위해 무게를 재보는 사람도 있었다. 나는 다음날 큰 산을 넘고 국경을 건너야 했기에 서둘러 27번 알베르게(*Albergue: 산티아고 순례자들이 이용하는 숙박업소)에 짐을 풀고, 까르푸 마트에서 간단히 장을 봐왔다.

그리고 알베르게에서 만난 같은 방 친구와 이른 저녁 식사를 함께했다. 우리는 왜 이곳까지 왔는지, 앞으로 어떨지에 대해서 늘어놓았다. 사실 한국에서 말하는 '친구'라고 말하기는 어려웠다. 캘리포니아에서 왔다는 그녀는 나보다 나이가 스무 살 정도 많았고, 밝고 선한 기운이 느껴지는 사람이었다. 그녀는 알베르게에서 만난 다른 친구도 소개해 주었는데, 그분은 은퇴 후 남은 노년 생활을 보내고 계신 분이셨다.

각기 다른 세대를 살아오고 모두 다른 나라에서 출발하였지만, 한 곳에서 만난 우리는 그동안 순례길에 대해 찾아본 이야기를 나누었다. 그 중 나는 내일 비가 온다는 소식도 접하게 되었다. 이런 게 신고식인가라는 생각이 들었다. 첫날부터 비가 온다니 걱정스러웠지만, 나에게 우비가 있으니 별일 있겠어?라는 생각이 곧 뒤따라 왔다.

평소의 나라면 비가 온다는 소식에 시작일을 하루 더 미루거나 시작하기에 앞서 큰 걱정을 하였을 것이다. 그러나 따뜻한 햇살의 기운이 달콤하게 불어오던 그날의 나는, 아무 걱정도 생기지 않았다. 아직 순례의 길을 한 걸음도 내딛지 않은 전 날이었지만, 내 마음은 이미 한 발짝씩 걷고 있었을지도 모른다. 어쩌면 생장으로 향하던 길에서부터.

8살, 14살, 17살의 나는 그랬다. 새 학기를 앞두고 떨리면서도 설레고, 뭐든 다 괜찮을 같고. 그 오랜만의 감정이 이곳에서 다시 살아나는 듯했다. 이곳에 모인 사람들, 그리고 나 역시 새 학기를 기다리는 학생들 마음 같았다. 내 안에 꼭 꼭 숨어있던 어린 시절의 맑은 기운이 스멀스멀 피어오르고 있었다.

8장. 불분명한 친절

경계심에 둘러싸여 보지 못했던 것

모르는 사람이 대가 없는 호의를 베풀면 우리는 대부분 경계부터 한다. 어린 시절에는 보호자의 필요 속에서 경계심을 배웠고, 어른이 되면서 그 대상은 더 많아졌다. 너무 피곤하게 사는 건 아닐지 생각될 때도 있지만, 팍팍한 삶 속에서 불필요한 화를 피하기 위해서는 어찌 보면 당연한 일일지도 모른다.

"돼지고기를 사줄 순 있어도 소고기를 사주면 의심해야 한다."라는 농담처럼, 우리는 흔히 의심을 먼저 배우며 자란다. 나 또한 그런 사고 방식에서 벗어나지 못했다. 상대의 호의가 진심에서 비롯된 경우보다 숨은 의도가 있는 경우를 더 자주 떠올리곤 했다.

그래서 난 누군가가 나에게 불분명한 친절을 베풀면 경계부터 하게 되었다.

09월 02일

순례길 첫날부터 우려했던 비가 세차게 내리고 있었다. 비장하게 출발했던 새벽 공기는 상쾌했지만, 프랑스와 스페인의 경계를 이루는 피레네산맥을 넘을 때는 상상 이상으로 비가 쏟아졌다. 우비로 몸과 큰 가방을 가까스로 덮었지만, 고어텍스라던 등산화는 비에 젖어 버렸다. 또, 나의 걱정과 욕심으로 가득 찬 11킬로그램짜리 배낭은 어깨를 더 무겁게 짓눌렀다.

우비 속은 이미 땀으로 젖었고, 밖에는 거센 비와 안개가 자욱했다. 나와 같은 길을 걷는 이들은 겉으로는 묵묵히 걷고 있었지만, 마주칠 때마다 다들 온몸이 젖었으며 모두 힘들다고 한뜻으로 말했다.

그중 내 앞에 스패츠까지 착용한 한 중년의 남성이 걸어가고 있었다. 한국에서는 스패츠를 챙길 정도로 비가 오겠냐고 생각해 가져오지 않았는데, 스패츠 덕분에 바지 밑단과 신발 안이 젖지 않는 그분을 보며 스패츠의 중요성을 깨달았다. 걸음도 빨라, 나보다 빠르게 걸어가는 그를 보며 곧 나와 멀어지겠다고 생각했다.

가방을 내려놓고 잠시 쉬고 싶었지만, 비는 계속 내려 멈출 수 없던 때였다. 그 남성이 또 보였다. 힘들었던 탓일까? 평소와 다르게 내가 먼저 인사를 건넸고, 스패츠를 가리키며 엄지를 세웠다. 그는 억센 빗속에서도 미소를 띠며 무언가 말했다. 사실 스페인어라 알아듣기 어려웠다. 해외에 나가면 영어가 곧 모국어가 된다고 하던데, 정말 영어가 아니고서야 도통 알아듣기 어려운 스페인어였다.

그러나 우리는 손짓 눈짓으로 짧게 대화를 나눴다. 그는 내 아버지와 비슷한 나이였고, 나와 또래의 딸이 있다고 했다. 나이를 물어보며 귀가 빠지는 제스처를 보였던 그의 모습은 낯설면서도 익숙했다. 말이 통하지 않아도 몸짓으로 소통할 수 있다는 게 새삼 신기했다. 귀 빠지는 날이 태어난 날이라는 것도 세계 공용어인가 라는 생각도 들었던 것 같다.

그는 비와 안개로 길이 잘 보이지 않을 때, 앞장서서 길을 안내했다. 같이 걷지 않더라도 뒤를 돌아보며 내가 따라오는지 확인했고, 종종 다른 순례자들에게 말을 건네며 걷기도 하였다. 도착지인 론세스바예스에 가까워졌지만, 숙소가 보이지 않을 때 그는 나에게 조금만 더 힘내라며 응원도 해주었다. 그가 계속해서 나를 챙기는 것이 느껴졌다. 하지만 마음 한구석에서는 경계심이 여전히 남아 있었다.

그래서 길 끝에서는 그와 거리를 두게 됐다. 마지막쯤에는 그와 멀리 떨어져 걸었고, 가까스로 도착한 숙소는 혼잡했다. 순례자들은 물에 빠진 생쥐처럼 보였고, 침대를 배정받기 위해 물을 뚝뚝 흘리며 줄을 선 모양은 마치 재난에 휩싸인 사람들과 별반 다르지 않았다. 그렇게 전쟁 같은 첫날이 지나고, 뜨거운 물로 몸을 씻은 뒤 폭풍 같았던 하루를 정리했다.

며칠 뒤 나는 그를 다시 만났다. 그는 멀리서 내 이름을 외치며 서툴게 써 내려간 번역기를 보여주었다. 글자가 빼곡하게 쓰여있던 화면에는 내게 다음 날 어디까지 갔냐고 물으며 많이 걱정했다고 말했다. 그러면서 우리나라의 119, 112 번호와 같이 스페인에서 응급 구조를 받을 수 있는 번호가 적힌 명함을 건네주었다.

그 순간 내가 느꼈던 감정을 물으면, 정말 부끄러웠다. 나는 경계심 속에서 그를 온전히 받아들이지 못했다. 그는 단순히 길 위에서 만난 이방인이 아니라, 순례자라는 이름 아래 함께 걷는 동행자였다. 팍팍한 삶 속에서 잊고 있던 진정한 '배려'와 '친절'을 그를 통해 다시금 느낄 수 있었다.

돌이켜보면, 내 삶에도 대가를 바라지 않고 친절을 베풀어 준 사람들은 항상 있었다. 어릴 적 학교 가는 길에 본인의 딸과 같은 학교라며 차에 태워주셨던 이웃, 핸드폰이 없던 시절 모르는 분의 전화를 빌려 썼던 기억들. 어쩌면 너무 당연하게 받아들였던 그 친절들이 떠올랐다. 이 길 위에서 나는 다시금 타인의 선량함을 느끼며, 불필요한 경계를 조금씩 내려놓기 시작했다. 팍팍한 일상에 지쳐 까맣게 잊고 있었던 진심 어린 배려와 따스함이 새삼 소중하게 다가왔다.

길 위에서 다시 만난 친절은 내 마음속 불필요한 경계의 먼지를 조금씩 지워내며, 타인의 따뜻한 손길을 생생히 느끼게 했다. 그렇게 나는 경계심을 넘어, 사람들 속에서 새로운 믿음을 찾아가고 있었다.

9장. 어제는 두 발, 오늘은 고작 한 발

감정의 날을 둥글게 깎아내며

순례길에서 돌아온 뒤, 가족과 친구들은 내가 변했다는 말을 자주 했다. 그중 가장 기억에 남는 것은 내가 이전보다 긍정적으로 변했다는 평가였다.

어느 날, 아버지가 운전 중 화가 나신 일이 있었다. 운전하다 보면 짜증 나는 상황이 생기기 마련이고, 그날도 아버지는 다른 운전자 때문에 언짢아하셨다. 나는 속으로 '왜 이렇게까지 화를 내실까?' 하고 생각했다. 물론 화를 풀 수 있는 건 좋지만, 차 안에서 터져 나온 뾰족한 말들이 상처를 주는 대상은 결국 본인이기 때문이다.

나는 아버지께 너무 기분 상해하지 말라고, 저 사람도 나름 이유가 있을 수 있고 기분 좋은 외출에서 아버지의 기분까지 상해하지 말자고 말씀드렸다. 그리고 앞으로 먹게 될 맛있는 밥과 즐거운 일들을 늘

여놓으며 웃어 보였다. 아버지는 내 말을 듣고 기분이 나아진 듯했다. 그러면서 나중에는 내가 많이 변했다고 말씀하셨다.

어느 순간부터 나는 짜증 나고 화가 나는 상황에서도 그 감정을 그대로 내뱉지 않으려 노력하게 되었다. 부정적인 감정은 결국 나 자신에게 가장 큰 상처를 남긴다는 것을 깨달았기 때문이다.

⋙ ⋙ ⋙

09월 02일

폭우를 만난 다음 날, 주비리(Zubiri)로 향하는 날이었다. 지난밤에 미리 신문지와 휴지로 신발을 말린 덕분에 다시 신은 신발에서 불쾌감을 느낄 일은 없었다. 그러나 지난밤의 여파로 진흙과 흙탕물이 가득한 길은 여전히 만만치 않았다.

어제 나의 길동무는 스페인의 하비(Javier) 아저씨와 모험을 좋아하는 러시아 친구 인나(Inna)였다. 오늘은 네덜란드 출신 교사였던 린(Lynn)과 함께 걷게 되었다.

우리는 전날 저녁 식사에서 처음 만났는데, 한국, 영국, 이탈리아, 미국, 러시아, 네덜란드 등 각기 다른 나라에서 온 사람들이 한 테이블에 모여 함께 식사했다.

아침 식사 후, 린을 다시 만났고 걸음이 맞아 함께 걷기 시작했다. 어제 내린 많은 비로 길은 질퍽거렸고, 미끄러운 내리막길과 불어난 물줄기가 우리 앞을 가로막았다. 때로는 양 떼가 지나가는 길을 걷고, 숲속의 험한 길을 걸었다. 그러다 폭이 넓어진 물줄기를 만났는데, 린을 비롯한 장신의 친구들은 큰 보폭으로 쉽게 건넜지만, 나는 결국 발 한쪽이 물에 빠지고 말았다.

린이 다가와 괜찮냐고 물었다. 나는 망설임 없이 괜찮다고 했다. 하지만 앞으로 걸어야 할 거리가 꽤나 길었기 때문에, 린은 젖은 발로 먼 길을 걷는 나를 걱정하며 다시 물었다. 나는 웃으며 대답했다.

"어제는 두 발이 젖었지만, 오늘은 고작 한 발만 젖었어. 괜찮아!"

그 순간 떠오른 말이었지만, 시간이 지나 곱씹어 보니 그 말속에 나의 변화가 담겨 있었다. 예전 같았으면 물웅덩이에 빠진 것만으로도 찌푸린 얼굴로 하루를 망친 기분에 휩싸였을 것이다. 작은 실수 하나에도 예민하게 반응하며 가시 돋친 생각으로 스스로를 괴롭혔던 나였다.

날 선 감정들은 밖을 향한 것이지만, 결국 나 자신을 더 다치게 한다. 짧은 시간 안에 생긴 변화였지만, 이 긍정적인 마음가짐은 이후 일상에서 큰 힘이 되었다. 불편함을 마주할 때마다 전과는 다르게 웃으며 넘길 수 있는 사람이 되어가고 있는 것이다.

순례길을 통해 깨달은 작은 변화들이 나를 긍정적으로 이끌고 있다. 인생의 길 위에서 마주한 불편함도 결국 나를 더 나은 방향으로 성장시키는 계기가 된다. 더 이상 사소한 일에 휘둘리지 않고, 마음의 여유를 찾을 수 있게 된 것이다. 나는 이제 작은 순간들 속에서도 기쁨을 느낄 수 있었고, 불쾌했던 경험들로 날 선 감정도 둥글게 깎아낼 수 있게 되었다.

10장. 걷는 독서

부엔 까미노, 당신이 내게 들려준 이야기들

등산을 시작하면서 많은 사람들과 마주쳤다. 가볍게 "안녕하세요", "안전산행하세요" 같은 인사를 주고받기도 했지만, 때로는 서로에 대해 더 깊은 이야기를 나누었다. 어떤 산이 가장 좋았는지, 100대 명산 중 몇 곳을 가보았는지, 저 꽃의 이름은 무엇이고 오늘의 등산 도시락은 무엇인지까지 말이다. 그런 대화를 통해 자연스럽게 산에서 자라는 식물에 대해 배우고, 어떤 산이 어느 계절에 가장 멋진지도 알게 되었다.

처음엔 단순한 운동으로 생각했던 등산이 나에게 준 것은 지식 이상의 것들이었다. 산이 들려주는 이야기와 그 속의 배움은 매우 풍부했고, 그래서 등산은 단순한 운동이 아닌, 내게 특별한 경험으로 남을 수밖에 없었다.

순례길에서는 그보다 훨씬 더 많은 이야기를 들을 수 있었다. 800km에 달하는 이 길은 단순히 자연 속을 걷는 여행이 아니라, 마치 살아 있는 도서관을 걷는 듯한 느낌이었다. 그래서 그 길을 떠올리면 단순한 풍경이 아닌, 그곳에서 만난 사람들의 목소리, 귀여운 동물들, 그리고 작은 마을들에서 맛본 음식까지 모두 함께 떠오른다.

800km, 그 길 위에 녹아든 이야기는 내게 참 많았다.

⋙ ⋙ ⋙

09월 05일

벌써 누적 거리 100km에 가까워지며 다양한 국적의 사람들을 만났다. 순례길을 걸어본 사람이라면 "부엔 까미노(Buen Camino)"라는 인사에 익숙할 것이다. 순례자들은 서로 마주할 때 "안녕?" 대신 "부엔 까미노(Buen camino)"라는 인사를 건넨다. 스페인어로 "좋은 길 되세요"라는 뜻을 가진 이 인사는, 길 위에서 타인에게 받는 작은 선물 같은 존재였다.

"부엔 까미노"를 주고받으며 나눈 이야기들은 시간이 지나도 쉽게 잊히지 않는다. 때로는 날씨나 풍경에 대한 가벼운 대화를 나누기도 했지만, 결국 오래 남는 것은 그들이 왜 이 길에 서 있었는지에 대한 이야기들이었다.

오늘은 푸엔테 라 레이나(Puente La Reina)로 향하는 길에 '용서의 언덕'이라 불리는 곳을 지났다. 그곳을 한 친구와 함께 걷게 되었고, 자연스럽게 "용서"라는 주제로 대화를 나누었다. 친구는 타인에게서 받은 아픔을 털어놓았고, 이제는 그 모든 것을 후련하게 용서할 수 있다고 이야기했다. 난 그와 함께 나도 모르게 짊어지고 온 부정적인 감정을 그 언덕에 내려두었다.

'용서의 언덕'이라는 이름은 원래 원수와 함께 오르더라도 힘든 길을 걷다 보면 서로를 의지하게 되어 결국 용서하게 된다는 데서 유래했다고 한다. 하지만 그 의미가 어떻든 중요하지 않았다. 우리는 우리만의 방식으로 그동안 외면했던 부정적인 감정을 내려놓았고, 가벼운 마음으로 다시 길을 걸을 수 있었다.

걷는 것은 독서와 같았다. 그들의 인생을 통해 얻은 경험들은 내게 책을 읽는 것과 같은 깊은 울림을 주었다.

새출발을 앞두고 본인에게 값진 경험을 선사하기 위

해 길을 걷는가 하면, 아픔이 있어 그 아픔을 극복하고 나아가고자 하는 사람도 많았다. 그게 혼자일 때도 있었고 둘 혹은 여럿이 되기도 하고 말이다. 사유는 저마다 다 달랐지만, 그들이 내게 선사해 준 이야기는 마치 한 장 한 장 넘기는 책과도 같았다.

누군가 내게 순례길이 무엇이냐고 묻는다면, 나는 주저하지 않고 "걷는 독서"라고 답할 것이다. 이 길에서 들은 이야기들은 같이 흙을 밟았던 발소리처럼 생생하게 내 기억 속에 남아, 나를 더 깊이 있게 변화시켰다.

나는 길 위에서 사람들의 삶을 읽었고, 그 독서를 통해 나 역시 조금 더 두터워지고 있었다. 책의 마지막 장처럼 결국 순례길도 끝이 나겠지만, 그들의 이야기는 나의 삶을 이끌어주는 또 다른 나침반이 될 것 같다.

enjoy

11장. 시원하고 달콤한

고진감래

아마 운동을 취미로 가진 사람 중에는 운동을 마친 후 먹는 즐거움이 큰 이들이 많을 것이다. 나 역시 그 기쁨을 즐기며, 산을 오를 때면 김밥, 닭강정, 라면, 과일과 같은 음식을 가방에 가득 채워 넣는다. 나열만 해도 군침이 도는 이 간식들을 생각하면, 때로는 등산의 목적이 먹는 즐거움으로 바뀐 것 같은 기분이 들 정도다.

땀을 한껏 흘린 뒤 먹는 음식은 정말 달콤하다. 고진감래라는 말처럼, 힘든 일을 마친 후의 음식은 더할 나위 없이 달다. 등산 후 마시는 꽁꽁 얼린 물 한 잔, 그리고 힘겹게 오르막을 넘은 후 먹는 김밥은 무슨 김밥인지조차 중요하지 않을 정도로 맛있다. 그 순간에는 어떤 음식이든 특별한 식사처럼 느껴진다. 마치 가끔 아버지들이 식사 후 "역시 물이 제일 맛있다!"라고 외치시는 것처럼 말이다.

이렇게 맛있는 음식을 즐기다 보니, 운동을 해도 살이 잘 빠지지 않았던 것 같다. 웃기겠지만, 운동 후의 '맛있는 행복'을 놓치지 못한 탓일 것이다. 혹시 운동으로 살이 너무 빠져서 고민하는 사람을 만난다면, 어떻게 그 즐거움을 포기하고 운동에만 집중할 수 있었는지 꼭 물어보고 싶다.

또 음식은 내게 함께한 사람들과의 소중한 추억을 담기도 한다. 특별하지 않은 먹거리라도 그 기쁨을 나누면 배가 되어 느껴진다. 음식 하나에 담긴 추억은 그 순간을 되돌아볼 때 더 값진 이야기를 만들어주기 마련이었다.

»»→ »»→ »»→

09월 07일

스페인은 와인으로 유명하다. 순례길을 걷다 보면 길가에 포도밭이 수없이 펼쳐졌고, 덕분에 순례자의 메뉴에는 항상 무료 와인이 곁들여졌다. 후기를 보니,

이 와인 때문에 순례길을 마친 후 살이 쪄서 돌아갔다는 이야기도 꽤 있었다. 나는 술을 즐기지 않지만, 물보다 저렴하고 달콤한 와인을 보니 그 심정을 백번 이해할 수 있었다.

하루에 많게는 30km를 걷는 동안 동료들과 나누는 대화도, 자연이 주는 평화로움도 좋지만, 먹는 즐거움 또한 매우 컸다. 종종 우리는 그저 길 끝에서 만날 수 있는 맛있는 음식과 달콤한 보상만을 떠올리며 걷곤 했다. 이때 나에게 주어진 보상은 “얼음을 동동 띄운 콜라”였다.

아직 여름의 기운이 가득한 햇살 아래서 10kg이 넘는 배낭을 메고 걷다 보면, 등이 땀으로 흠뻑 젖고 이마와 머리에서는 지글지글 열이 나는 것처럼 느껴지기도 한다. 그럴 때마다 내게 힘을 주는 것은 ‘치이익’ 소리를 내며 따끔하고도 시원하게 목을 적셔주는 탄산음료였다.

그날도 나는 그런 보상과 기대를 안고 산솔(Sansol)을 향해 걸었다. 전날보다 더 긴 거리를 걸어야 했고,

나무 그늘 하나 없는 뜨거운 날씨에 쉽게 지치는 기분이 들었다. 뜨거운 햇볕을 피하려고 손수건을 머리에 두르고, 선글라스와 팔토시까지 착용한 채 걸었지만, 보이지 않는 목적지를 향해 걷는 길은 여전히 쉽지 않았다. 그나마 다행이라면 습하지 않고 건조한 더위였다는 것뿐이었다.

이렇게 쉽지 않은 길을 함께 걸었던 친구가 있었다. 캐나다에서 온 그녀의 이름은 라일라였고, 오빠와 함께 순례길을 시작한 사랑스러운 친구였다. 나처럼 술을 즐기지 않는 그녀는 무더운 날씨를 이겨낼 수 있는 콜라를 유난히 좋아했다. 그래서 우리는 서로 "콜라 마시고 싶어!"라고 외치며 힘을 북돋아 주었고, 긴 길을 함께 견뎌냈다. 사소한 기억일지도 모르지만, 그날을 떠올리면 어김없이 콜라를 외치며 걷던 우리가 떠오른다.

때때로 우리는 여행에서 보았던 경이로운 풍경이나 화려한 건축물보다는 함께했던 사람들과의 작은 순간들이 더 생생하게 떠오른다. 길을 잃었을 때의 우스운 이야기나, 마트에서 산 과자 하나가 더 기억에 남는 것처럼 말이다. "그때 우리 길 잃어버렸잖아~" 라는 이야기만 시작해도, 그날의 하루가 생생히 떠오르는 경험은 누구든 있을 것이다.

라일라와 나에게 그 추억은 콜라였다. 순례길이 끝난 후에도 우리는 종종 콜라에 대해 이야기하며 웃음을 나눌 수 있었다. 결국 기억에 남는 것은 거창한 날이 아니라 평범한 시간 속에서 나눈 소중한 추억이라는 사실을 다시금 깨닫게 되는 순간이었다.

사소한 즐거움은 이따금 서로를 떠올리게 하는 고마운 매개체가 되기도 한다. 이제 나는 시원하고 톡 쏘는 콜라를 마실 때마다, 라일라와 함께 콜라를 외치며 뜨거운 햇빛 속에서 걸었던 그 순간이 떠오른다. 콜라 캔이 열리는 소리와 함께, '치이익-' 아, 시원하다.

12장. 이정표

변하지 않고 그 자리에 머물러있는 것들

길눈이 밝지 않다면 국립공원이 아닌 도립공원 같은 작은 산을 탈 때 길을 잃기 쉽다. 그런 길에서 나는 종종 얼굴도, 이름도 모르는 타인에 대한 고마움을 느낀다. 산악회에서 길을 안내하기 위해 걸어둔 리본을 본 적이 있을 것이다. 사람 하나 없는 인적 드문 곳에서도 산악회의 이름이 적힌 리본을 발견하면 마음이 한결 놓인다.

아무도 지나가지 않았을 법한 길도, 과거에 누군가가 걸었던 길이라는 생각이 들면 마음이 가벼워진다. 내가 가는 이 길이 틀리지 않았다는 확신을 주고, 가야 할 길이 보이지 않을 때 길의 나침반이 되어준다. 아마 험준한 산을 한 번이라도 타본 사람이라면, 그들이 남겨둔 배려의 흔적들이 얼마나 고마운지 알 것이다.

산을 많이 타본 것은 아니지만, 산을 오르다 보면 우리가 살아가는 인생과 크게 다르지 않다고 생각하게 된다. 내가 걷는 길에 남겨진 이정표들은 내가 앞으로 가야 할 길을 찾게 해 주고, 때로는 스스로를 의심할 때 위로나 응원이 되기도 한다. 마치 나보다 앞선 인생 선배들이 내게 이야기를 건네주는 것처럼 느껴졌던 것 같다.

이정표는 나 홀로 걷는 길도 마치 누군가와 함께 걷는 것처럼 느끼게 해 준다.

»» »» »»

09월 11일

순례길에서는 노란색 화살표를 정말 흔하게 볼 수 있다. 산티아고로 향하는 길을 안내하는 어플도 있지만, 길가에 있는 노란 화살표나 사람들이 남긴 이정표들 덕분에 길을 잃을 염려가 없다. 그래서 이 길을 마치고 난 뒤에도 노란색 화살표를 계속 따라가야 할 것만 같았다.

파란색 순례자 표지판, 조개껍데기, 그리고 노란 화살표와 같은 표시를 따라 순례길을 걸은 지도 벌써 열흘이 지났다. 오늘은 그 이정표들을 따라 벨로라도(Belorado)까지 걸을 예정이다. 산토도밍고(Santo Domingo de la Calzada)

에서 출발해 벨로라도로 향하는 길은 해바라기밭으로 가득했다. 광활한 해바라기밭을 보고 있자니, 내가 정말 이국적인 곳에 와 있다는 실감이 들었다.

비록 해바라기 수확이 끝난 시기라 태양을 향해 노랗게 활짝 핀 모습은 아니었지만, 모든 일을 마치고 고개를 숙여 쉬고 있는 해바라기들은 또 다른 느낌을 주었다. 끝없이 이어지는 풍경이 지루할 법도 했지만, 길 위에 놓인 이정표들과 앞서간 사람들이 해바라기에 그려놓은 익살스러운 표정들 덕분에 길은 한결 덜 지루했다. 고개를 숙이고 활짝 웃는 해바라기를 보며 걷다 보니 나도 모르게 미소가 지어졌다. 사람들의 작은 장난 속에 담긴 웃음이 참 좋았다.

벨로라도에 도착한 후, 골목마다 그려진 벽화들이 눈에 들어왔다. 벨로라도가 벽화마을이라는 후기를 통해 흔히 알고 있는 벽화마을이라 생각했지만, 집 한 면 전체에 순례자를 생각하고 그린 그림을 보니 생각이 달라졌다. 800km의 이 길은 그저 지방의 작은 마을들을 거쳐 가는 것이 아니라, 순례자들을 응원하고 축복하는 하나의 거대한 마을처럼 느껴졌다.

순례길을 마친 지 1년 후, 다시 그 길을 걷고 있다는 친구에게서 연락이 왔다. 소식과 함께 보내준 사진 속에는 1년 전 내가 보았던 이정표들이 그대로 남아 있었다. 한국이나 도시에서는 1년이라는 시간이면 많은 변화가 생기기 마련이다. 맛있어서 다시 가고 싶었던 가게가 문을 닫기도 하고, 어느 집은 간판이 여러 번 바뀌기도 한다. 하지만 순례길의 이정표들과 사람들의 발자국은 세월이 흘러도 변하지 않고 그 자리에 남아 있었다. 조금 낡았을지는 몰라도 말이다.

변하지 않고 그 자리에 머물러 있는 것들은 내 불안한 마음을 다독여준다. 마치 나와 함께 걸으며 내 길을 응원해 주는 듯한 느낌이 든다. 단순히 길을 안내하는 표식일 뿐인데도, 내 옆에서 조용히 응원의 소리를 내는 것처럼 느껴진다. 아마 순례길을 다시 걷고 싶은 마음이 드는 것은 1년 전에도, 5년 전에도 변함없이 그 자리에 서 있는 이정표들 덕분일 것이다.

빠르게 변화하는 세상 속에서, 언제나 그 자리에 있는 것들은 우리를 외롭지 않게 한다. 변함없이 나를 맞아주는 것들이 있기에, 우리는 때로 혼자서도 함께 걷는 기분을 느낄 수 있다.

13장. 땅에 뜨는 별

새벽을 밝히는 별들

한때 일출 산행에 대한 로망이 있었다. 봄이 싹트기에는 아직 너무 추운 2월, 찬바람이 옷깃을 파고드는 계절이었다. 실내에서 히터 바람은 답답하게 느껴졌고, 창문을 열면 폐부 깊숙이 스며드는 차가운 공기가 묘하게 상쾌했다. 이런 날엔 해가 더욱 찬란하게 떠오를 것만 같았다.

새벽 3시에 일어나 지리산 천왕봉을 오르기로 했다. 해 뜨는 장면을 보는 것이 목표였으니, 새벽 4시쯤부터 빠르게 정상에 오르는 것이 중요했다. 하지만 해발 1,915m, 한라산을 제외한 내륙에서 가장 높은 봉우리를 단시간에 오르기란 쉽지 않았다. 게다가 2월의 산은 오르면 오를수록 눈으로 덮여 있어, 아이젠을 착용해야만 했다.

결국 해가 조금 뜬 뒤에야 정상에 도착했지만, 정작 내게 더 기억에 남는 순간은 따로 있었다. 바로 그 적막한 새벽, 차가운 공기 속에서 바라본 깜깜한 하늘의 별들이었다. 평소에는 별에 큰 흥미가 없었지만, 그 고요한 새벽의 별빛은 잊을 수 없는 광경이었다. 찬바람과 함께 달빛과 환히 비추는 별빛들. 도시는 새벽에도 이런 장면을 보기 힘들었는데. 도시의 불빛 속에서는 보기 힘든, 마치 쏟아질 듯한 그 별빛은 내게 잊지 못할 장면으로 남아 있다.

»» »» »»

09월 16일

해가 뜨겁게 내리쬐는 오후 시간을 피하려 새벽같이 출발하는 일이 일상이 되었다. 이 도시도 어느덧 여름이 지나 가을로 접어들며 해 뜨는 시간이 점차 늦춰졌다. 그래서 아주 이른 시간이 아님에도 깜깜한 하늘 아래서 하루를 출발해야 했다. 이런 때 순례자들에게 필수적인 물품이 바로 헤드랜턴이었다.

나는 헤드랜턴 대신 핸드폰 불빛에 의지해 걸었다. 보조배터리를 많이 챙겨 왔기에 핸드폰 불빛을 밝히는 데 부담은 없었다. 오늘도 보조 가방에 핸드폰을 담아 불빛을 켰다. 어둠을 뚫고 카스트로헤이즈(Castrojeriz)에서 포

블라시온 데 캄포스(Poblacion de campos)로 향하는 길에 올랐다. 다른 순례자 친구들보다 한 마을을 더 가야 했기에 이른 새벽에 출발해야 했다.

잠의 여운이 아직 한참 남아있지만, 깜깜한 시골에서 바라보는 별빛은 너무나도 황홀했다. 쏟아질 듯한 별들을 바라보며 걷는 발걸음이 절로 느려졌고, 어디서 본 듯한 별자리가 보이니 그 장면을 내 두 눈에 꼭 담고 싶었다. 이름도 모르는 별자리를 보니 평소 별자리 공부를 해두었으면 좋았겠다는 생각도 들었다. 아마 한국에서도 똑같이 떠 있는 별일 텐데, 그곳에서는 볼 수 없다는 것이 참 아쉽다고도 느꼈다.

어스름한 새벽이 밝아오려 할 즈음, 조금 높은 언덕을 올라가야 했다. 포장이 되지 않은 도로를 깜깜한 시야 속에서 걸어야 했기에, 별 보기는 조금 멈추고 내가 가는 발자국에 더 집중하며 걸었다. 첫날을 제외하고는 큰 언덕을 오르는 길이 없어 그 조금 높은 언덕이 버겁게 느껴지기도 했다. 점점 등에 열이 오르고 땀이 날 것 같은 기분이 들었다. 그러나 쉬면 더 힘들다는 경험을 통해 다시 다리를 내디디며 올라갔다.

조금의 휴식이 필요할 때, 핸드폰 불빛을 끄고 내가 올라온 길을 내려보았다. 꽤나 열심히 걸은 탓인지 높은 곳에 있었던 나는, 내가 올라온 길 위로 수많은 불빛이 반짝이는 것을 보았다. 아, 땅에서도 별이 뜨는구나. 나와 같이 헤드랜턴 그리고 핸드폰 불빛에 의존하며 열심히 올라오는 순례자들이 마치 '땅에서 뜨는 별'과 같이 느껴졌다. 별은 하늘에만 있는 것이 아니었다. 각자의 길을 묵묵히 걸어가는 순례자들이 땅에서 스스로 빛을 내며 걷고 있었다.

별은 우리에게 잊고 있던 낭만을 일깨워준다. 그래서 산에서도, 이 시골길에서도 별을 보면 가슴이 설레고 황홀해진다. 하지만 오늘 땅에서 뜨는 별들을 보며 깨달았다. 도심 속에서도, 각자의 길을 걷는 사람들 속에서 우리는 언제든 낭만을 찾을 수 있다는 사실을. 묵묵히 발걸음을 옮기는 순례자들의 모습에 가슴이 울컥하는 기분이 들었다.

깜깜한 새벽을 헤치고 올라오는 그들의 불빛은 그 자체로 하나의 별이었다. 별처럼 빛나고, 별처럼 묵묵히 자신의 길을 걸어가는 그들. 나는 오늘 그 별들을 보며 스스로에게도 묵직한 울림을 느꼈다. 발자국에 맞추어 너울거리는 땅의 불빛들, 무엇 하나 아름답지 않은 것은 없었다.

별은 아무리 바라봐도 변하지 않는다. 절대 손에 닿을 수 없지만, 그저 그 자리에 머물며 스스로 빛나는 존재. 이 땅에서 뜨는 별들도 마찬가지다. 그들은 각자의 길에서 열심히 빛을 내고 있다. 그들을 계속 바라보고 있자니 평온해지고, 그 어떤 욕심도 생기지 않았다.

난 깜깜한 새벽을 헤치고 찬란히 빛나는 별이 좋다. 해가 뜨기 전, 조용히 빛나고 있는 별. 그 별을 바라보면 알 수 없는 평온함이 나를 감싼다.

14장. 덜어내기, 내 욕심은 11kg

내가 들고 가야 할 욕심과 두려움의 무게

아침에 일어나 머리를 감고, 헤어에센스를 바른 후 드라이기로 머리를 꼼꼼히 말린다. 머리 스타일은 성별을 가리지 않고 중요하니, 드라이까지 꼭 하고. 피부에도 토너와 로션, 선크림을 꼼꼼히 발라준다. 외출에 따라 화장도 해야 했고, 입고 나가는 옷에는 주름이 없게 스팀다리미로 다린다. 그리고 마지막으로 좋은 향이 나도록 내가 좋아하는 향수를 뿌린다.

밥 먹기 전에 손은 꼭 비누로 닦고, 옷은 깨끗이 입기. 만약 오늘 입은 옷에 커피라도 조금 튀었다면 얼른 주방세제로 닦아내야 한다. 식후에는 바로 양치질을 하고, 거울에 비친 머리가 흐트러졌다면 다시 머리를 묶은 후 옷매무새를 다듬는다. 이런 일련의 과정들은 나의 일상 그 자체였고, 특별한 상황이 아니면 생략하지 않는 루틴이었다.

아마 학교에 다니고, 직장을 다니는 누구든지 이

와 유사하게 살아갈 것이고, 본인만의 청결 규칙이나 루틴이 있을 것이다. 특히나 등산이나 마라톤이 끝난 후, 땀을 흘린 옷을 새 옷으로 갈아입고 대중교통을 타는 것은 정말 중요하다. 타인에게 불쾌감은 주지 말아야 하니 말이다.

하지만 이런 나의 모습이 꼭 필요한 일이었는지는 의문이 든다. 나를 위한 것이라기보다는 어쩌면 남의 시선 때문이었을지도 모른다. 지나치게 많은 시간과 돈을 소비하는 이 습관들이 과연 내 삶에 긍정적인 영향을 미쳤을까? 아마 남에게 보여주기 위한 내 욕심이 아니었을까

⋙ ⋙ ⋙

09월 23일

이제 무거운 가방을 들고 다니는 것은 익숙해졌다. 이따금 숙소에서 만나는 친구들은 본인에게 정말 필요 없을 것 같거나 사치라고 생각되는 것은 그 자리에서 버렸다. 샤워 후 바르는 바디로션이 본인에게 더 이상 사치라고 판단되어 버리는 친구가 있었고, 생각

보다 등산 스틱을 쓸 일이 없어 숙소에 기부하는 친구도 있었다. 또 점점 추워지는 계절이 다가와 얇은 옷은 버리고 보온을 위한 모자를 사는 친구도 있었다.

그들에게서 나는 하나를 배웠다. 필요한 것만 남기고, 나머지는 덜어내는 법.

하지만 덜어내는 것은 말처럼 쉬운 일이 아니었다. 나 역시 맞지 않는 옷을 버리지 않고 간직하거나, 언젠가 쓸지도 모른다며 종이가방을 모아두는 사람이다. 그런 내가 순례길에서 물건을 버리라면 가장 먼저 '두려움'을 느낀다. 혹시 필요하게 될까 봐, 아프면 먹어야 할 약과 옷들, 햇빛을 막아주는 선글라스나 모자까지 모두 챙겨야 했다. 그 결과, 내 가방의 무게는 어느새 11kg을 넘어서고 있었다.

보통 가방의 적정 무게는 체중의 10% 정도라고 한다. 이 계산법으로 보면 나는 이미 그 한계를 넘었다. 그러니 당연히 어깨가 아프고 무릎에도 무리가 갔다. 그럼에도 불구하고 나는 이 무게를 덜 수 없었다. 고통이 있어도 버릴 수 없다면 이 무게에는 아마 내 욕심도 있었을 것이다.

오늘도 이 무거운 가방을 메고 무리아스 데 레치발도(Murias de Rechivaldo)로 향했다. 전날 32km를 걸은 탓인지 21km조차도 버거웠다. 땅에 닿는 발뒤꿈치에 불편한 감각이 스멀스멀 올라왔다. 만약 가방이 가벼웠다면 이 정도로 힘들지 않았겠지만, 내 욕심이 가득한 가방이 나를 힘들게 했다. 고통이 더욱 고스란히 느껴졌다.

하지만 발걸음을 뗐다면 결국 도착하기 마련이다. 오늘 도착한 숙소는 이전 어느 곳보다 자유로웠다. 돌과 흙이 드러난 자연 그대로의 공간이었고, 집 앞을 돌아다니는 큰 강아지와 호스트 그리고 숙소를 관리하는 직원들을 봤을 때는 흔히 히피(hippie)라고 불리는 분위기가 연상되었다.

그런 숙소에서 어제부터 쌓인 피곤함을 씻어내었다. 샤워와 빨래를 마친 뒤 오늘 같이 걸었던 친구와 함께 집 앞에 있는 플라스틱 의자에 앉았다. 테이블에 간식과 과일을 펼쳐두고 저물고 있는 햇빛을 등으로 맞았다. 물론 드라이기도 없었던 나에게 이 햇빛은 자연 드라이기와 같았다. 그리고 강렬하게 쏘는 햇빛은 마치 몸의 아픈 부위를 치료해 주는 기분이 들었다.

이때 내 앞으로 고양이와 강아지가 나와 똑같은 자세로 햇빛을 고스란히 받는 장면을 보게 되었다. 이 동물들도 햇볕의 따스함과 여유를 즐기는 걸까? 욕심으로 가득 찼던 내가 어느새 이 여유로움과 비워내는 분위기에 적응되었다는 생각이 들었다.

나는 조금씩 나 자신을 꾸미려는 욕심에서 벗어나 있었다. 아마 나와 친한 친구들은 내가 조금 더럽다고도 생각될 것이다. 손에 묻은 것쯤이야 옷에 닦으면 됐고, 땅에 떨어진 배나 사과를 주워 흙을 조금 털어 내고 베어 물면 되었다. 아, 가끔은 밥 먹기 전에 손을 닦지 못해 찝찝했던 적도 많았다. 그러나 결국 이렇게 살 수밖에 없었다. 여건이 안 되니 말이다.

여느 다른 순례자들과 같이 가방을 줄이고 줄여 욕심을 덜어냈느냐라고 묻는다면 완전히 비워냈다고 말할 수는 없었다. 그러나 3주간 나는 알게 모르게 많이 변화하고 있었다. 자연과 가까워졌고, 스스로 이건 안 돼! 라고 생각하는 행동을 하나씩 깨고 있었다. 이렇게 시간을 보내다 보니 정말 시간이 흐르는 대로 자연에 동화되어 살고 있는 기분이 들었다.

빠르게 변화하고 쫓아가야만 했던 일상을 벗어난 지 3주, 나는 시간이 흐르는 대로 그저 발걸음을 내딛는 삶을 살고 있었다. 없으면 없는 대로, 불편한 건 감수하면서 말이다. 저 햇빛을 맞으며 여유를 즐기는 강아지와 고양이랑 내가 다를 게 없어 보였다. 이 순간이 온전히 행복했다. 그리고 더 가벼워진 내 마음도 함께.

15장. 할머니와 함께 걷는 길

그리움은 추억하는 것

순례길 출발을 앞두고 가장 먼저 떠오른 준비물이 있었다. 다른 이들은 자기 집 앞마당에 있는 돌멩이를, 어떤 이는 누군가의 사진을 챙긴다고 한다. 머릿속에서 가장 첫 번째로 생각난 물건. 나는 할머니께서 남기신 유품 중 하나였던 스카프를 떠올리며 아버지께 여쭤봤다.

"아빠, 할머니가 쓰시던 스카프 아직 있어?"

할머니께서 남기고 가신 몇몇 개의 유품에서 스카프를 보았다고 말씀하신 아버지는 아직 할머니의 손길이 많이 남아있는 그 집에서 스카프를 찾아 건네주셨다. 스카프를 받은 나는 배낭에 제일 먼저 매달아 두었다. 비록 이제는 할머니를 만날 수 없지만, 이 길을 함께 걷고 싶었다.

사실 이 순례길은 퇴사 후 나만의 시간을 갖기 위해 떠난 길이었지만, 마음 한편에는 할머니에 대한 그리움이 자리하고 있었다. 그 감정을 떠올리게 한 건 우연히 본 동영상이었다. 이곳저곳을 여행하는 영상 속 주인공은 험난한 순례길에서 딱 보아도 두껍고 불편한 니트 원피스를 입고 힘겹게 걷고 있었다.

처음에는 그 이유를 모르니, 그저 불편해 보이기만 했다. 그러나 그녀가 그 옷이 세상을 떠난 친구가 가장 좋아하던 옷이라고 말하자, 나도 모르게 눈물이 흘렀다. 사랑하는 이를 추모하는 그 마음을 보니, 나 역시 이 길을 할머니와 함께 걷고 싶다는 강한 마음이 들었다.

⋙› ⋙› ⋙›

09월 24일

전날 '무리아스 데 레치발도' 마을에서 잠들기 전, 지금 이 순간의 나 그리고 나에게 소중한 이들의 행복을 바라는 편지를 쓰고 잠들었다. 오늘은 순례길에서 가장 중요한 철의 십자가(Cruz de Fero)를 만나는 날이기 때문이다. 일정상 오늘이 아닌 내일 새벽에 지나갈 계획이었지만, 새벽보다는 여유로운 오늘 오후에 미리 가고 싶었다.

가방에 매달아 둔 할머니의 스카프, 친구들이 건네준 작은 돌멩이들 그리고 편지의 무게가 오늘따라 더 무겁게 느껴졌다. 그 무게는 단순한 짐이 아니라, 감정과 추억의 무게가 아닐까 싶었다. 철의 십자가는 오늘 도착하는 마을인 폰세바돈(Foncebadon)에서 약 2km를 더 가야 했다. 폰세바돈에 도착한 후, 가방을 내려놓고 곧바로 철의 십자가로 향했다.

30분 정도의 거리를 걸으니 금세 철의 십자가에 도착하였다. 큰 감정을 두고 걷지는 않았지만, 막상 철의 십자가를 마주하니 숨이 턱 막히는 기분이 들었다. 돌탑 위에 누군가의 추억과 그리움이 쌓여 있었다. 그래서 저 돌탑 위에 나의 물건들도 놓아야 했지만, 가벼운 마음으로는 차마 그 어떤 돌멩이도 밟고 올라설 수 없었다.

'죄송합니다'라는 말을 마음속으로 계속 되뇌며,

돌탑을 밟고 올라섰다. 내려오는 해를 마주할 수 있는 어디쯤 할머니의 스카프를 두었고, 그 옆에 편지와 함께 친구들이 건네준 작은 돌멩이들을 두었다. 그리고 눈을 감고, 할머니께 드리지 못했던 말을 마음속으로 전했다. 목구멍에 자갈같이 거칠거칠한 것이 걸리는 기분이었다.

저마다 추모하는 이들은 달랐지만, 이 돌탑 위에는 모두의 그리움과 사랑이 켜켜이 쌓여 있었다. 떠나기 전, 철의 십자가를 한 번 더 바라보며 생각했다. 그리움이란 잊기 위한 감정이 아니라, 함께 기억하며 살아가는 것이라는 사실을. 이제는 더 이상 만날 수 없는 이와 800km를 함께 걷는 여정. 그 여정은 내가 가져온 물건에 담긴 것이 아니라, 이미 내 마음속 깊이 자리하고 있었다.

문득 초등학교 시절, 학교를 데려다주던 할머니와의 발걸음이 떠오르는 날이었다. 꼭 잡은 손과 느린 걸음걸이 속에 손녀딸을 사랑하는 마음이 가득 담긴.

DONATIVO
ZÜ

16장. 단순하고 대단하지 않은 하루

갓생과 멀어지는 나의 일상

2030 세대에게 '갓생'이라는 용어는 익숙할 것이다. 신을 뜻하는 'God'과 인생의 '생'을 합친 단어로 매우 부지런하고 생산적인 삶을 사는 이들을 일컫는다. 유튜브나 SNS에서 한 번쯤 이들을 본 적이 있을 것이다.

갓생을 사는 이들의 하루는 보통 새벽에 시작된다. 새벽 4시쯤 개인 공부와 아침 운동을 하고, 출근 준비를 마친다. 출근 후 점심시간에는 그 틈에 못다 한 운동이나 해야 할 업무를 마치고, 퇴근 후에는 수업을 듣거나 제2의 직업을 통해 수익을 창출하기도 한다.

그들을 보고 있자면, 내가 한심하게 느껴질 때가 많았다. 모두에게 똑같이 주어진 24시간인데, 나만 이렇게 하루를 아무 의미 없이 보내고 있나 싶었다. 지각하지 않고 성실히 출근해 일을 하고 퇴근 후 운동을 꼬박꼬박해도, 갓생을 사는 사람들과 비교하면 한참 모자란 듯했다.

그런 생각이 들수록 스스로에게 무언의 압박과 실망감이 커졌다. 그리고 나의 이 하루가 더 빼곡해야만 하는 것처럼 느껴졌다. 주어진 일상도 충분히 열심히 살고 있는데 말이다. 이 유한한 시간을 어떻게 사용해야 하는지에 대해 계속 고민하며, 대단한 하루를 보내지 못하는 자신을 자책하게 되었다.

»»→ »»→ »»→

09월 28일

시골길을 내리 걷는 순례길에서 도시는 정말 흔치 않다. 그래서 필요한 물품이 있으면 순례자들은 도시를 만나는 날만을 기다린다. 오늘은 순례길의 마지막 대도시 '사리아(Sarria)'로 향하는 날이다. 사실 마지막 도시이기 때문에, 도시에 도착하는 날이 그다지 기다려지지 않았다. 아니, 오히려 거부감이 들 정도였다.

관광객들과 사리아부터 시작하는 100km 순례자

들이 모여드는 곳. 그 조용하던 길을 벗어나 만나는 이 도시가 마냥 반갑지 않았다. 분명 처음에는 이 조용한 시골길이 꽤나 불편한 점이 많았던 것 같은데, 어느새 흙 밟는 소리만 가득한 이 적막함에 익숙해진 것이다.

순례자의 하루는 참 단순하다. 아침에 일어나 숙소에서 제공하는 아침을 먹거나, 조금 걸어가 다음 마을에서 밥을 먹는다. 그리고 그날 목표 마을까지 걸으며 커피를 마시고 간식을 먹는다. 중간에 만나는 길은 오르막일 수도, 평지일 수도, 내리막일 수도 있다. 그 길을 지나 마을에 도착하면 씻고, 빨래를 하고 하루를 마무리한다.

이전의 일상과 비교하면 정말 아무것도 하지 않는 하루처럼 느껴지겠지만, 순례길에서의 하루는 결코 무의미하거나 지루하지 않았다. 하루 중 가장 큰 일정이 걷기와 식사, 빨래여도 오히려 너무 즐겁고, 행복했다. 물론 길이 짧지 않다 보니 물집, 무릎 통증, 발목 통증 같은 고통은 누구에게나 있었다. 하지만 그조차도 길의 일부였다.

나는 이 길이 끝나지 않았으면 좋겠다는 생각을 자주 했다. 대단하지 않은 이 일상이 너무 좋았다. 무리해서 일찍 일어나지 않아도 되는 아침, 자연스럽게 눈이 떠지는 상쾌함, 친구들과 소통하기 위해 더듬더듬 영어로 말하려는 나 자신이 좋았다. 운동을 하겠다고 결심하지 않아도, 하루 종일 걷다 보면 몸이 개운해지는 그 느낌이 좋았다.

오늘 아침은 한국식 시래깃국을 파는 집에서 시작했다. 물론 스페인 사람이 만드는 시래깃국이니 우리가 아는 맛과는 달랐지만, 하얀 공깃밥과 서툴게 적힌 메뉴판 덕분에 한국이 떠올랐고, 빵이 아닌 쌀로 하루를 시작할 수 있어 행복했다.

오랜만에 보는 산은 또 어떤가? 오르막길인데 밉지 않았다. 초록색이 가득한 이 길을 평탄히 걸어갈 수 있는 내 두 다리가 고마웠다. 작은 마을의 보라색 자판기에서 뽑아먹는 콜라는 너무 달콤했고, 기부제(Donation)로 운영하는 장소를 보면 순례자들을 위해 선을 베푸는 그들이 참 좋았다.

대단한 하루를 보내지 않아도, 내 하루를 누구와 비교해도 실망스럽지 않았다. 아니, 비교하려고 하지 않았다. 길을 걷다 밭에 보이는 큰 호박만 보아도 즐거웠기에 굳이 누구와 비교할 생각은 들지 않았다. 사람은 참 단순하구나. 평화로운 길을 걸어 맛있는 식사를 하고 두 다리로 즐겁게 걸을 수 있으면 참 기쁘구나.

곧 이 여정의 마지막 큰 도시인 사리아에 도착한다. 그렇다고 내게 달라질 건 없었다. 관광객들에 비하면 사실 누구보다 허름한 복장이지만, 아무렴 상관없었다. 나는 지금 이대로의 내가 좋았고, 대단하지 않아도 이 단순한 하루하루들이 충분했다. 넘치도록 행복하게.

17. 나 홀로 10,590km

10,590km 떨어진 곳에서 단단해지기

친구들에게 순례길에 간다고 알렸을 때, 공통으로 들은 질문이 있었다.

"누구랑? 너 혼자 가?"

30일 넘게 시간을 낼 수 있고, 800km를 걸을 수 있는 사람이 내 주변에 있을 리가 없었다. 특히 직장인들은 하루, 이틀 연차도 큰 결심을 하고 내는 게 다반사이니, 사서 고생하러 연차를 쓰겠다는 사람이 있을 리가 없었다. 그것도 아주 장기간의 연차라면, 아마 갔다 오면 사무실 자리가 사라졌을지도 모른다.

그래서 가족들은 내가 혼자 떠나는 것을 걱정했다. 가족들도 가본 적 없는 생소하고 먼 곳에 혼자 간다고 하니 불안한 마음은 당연했다. 내 결정에 반대하시지는 않으셨지만, 연락은 꼭 자주 해달라는 말씀을 많이 하셨다.

사실 혼자 해외여행을 한 경험은 딱 한 번뿐이었다. 여행지는 스위스였고, 동행자가 있었지만, 일정상 3일간 혼자 지내야 했다. 그때의 경험을 물어본다면, 아주 좋았고 다시 하고 싶은 추억이다. 온전히 나만을 위한 계획을 세우고, 혼자서 뭔가를 이뤘을 때의 뿌듯함이란 말로 다할 수 없었다. 아마 사람들이 혼자 여행을 추천하는 이유도 이 때문일 것이다.

비록 짧은 경험이었지만, 그 기억이 다시 나를 이 홀로 하는 여정으로 이끌고 있었다.

⋙→ ⋙→ ⋙→

10월 02일

내일이면 벌써 산티아고에 도착한다. 끝나지 않을 것 같던 여정이 마침내 마지막을 앞두고 있다. 고생도, 웃음도, 불편함과 행복함도 모두 느낄 수 있었던 시간이 이제 막을 내리려 한다. 짧은 거리를 걷는 날엔 다리가 홀가분했고, 30km를 넘게 걸은 날엔 비장하게 하루를 시작하여 노곤해진 몸을 풀며 하루를 정리했다.

생생하게 떠오르는 길 위의 추억이 많다. 특히 혼자 걸으며 보았던 풍경들은 눈을 감으면 어제 일처럼 생생하다. 9월 17일, 한 마을에서 장을 보러 가던 중 우연히 자전거 타는 꼬마를 봤다. 그 뒤에는 엄마와 할머니로 보이는 분들이 멀리서 지켜보고 있었다. 한국에서도 흔히 볼 수 있는, 따뜻한 장면이었다. 가족들의 따스한 사랑이 느껴져 내 어린 시절의 장면까지 몽글몽글 떠올랐다.

꼬마는 자전거를 열심히 타고 가다가, 중심을 잃고 살짝 넘어졌다. 속력을 내다 넘어진 것도 아니었고, 아주 살짝 넘어진 것으로 보았는데 아이는 상처 하나 없는 무릎을 들고 엉엉 울기 시작했다. 물론, 몸은 엄마와 할머니가 있는 방향으로 틀고 있었고, 엉엉 우는 울음 속에는 '얼른 나 달래주세요.'라는 말이 저절로 들리는 것 같았다. 엄마와 할머니는 곧장 아이에게 달려오셔서 일으켜 세워주셨고, 따스한 손길을 받은 꼬마는 그 서러운 닭똥 같은 눈물을 멈추게 되었다.

그 모습을 잠깐 보고 있으니, 문득 홀로 나와 있는 이 자체가 나를 단단하게 하는 것이 아닌가 하는 생각이 들었다. 한국에서 10,590km나 떨어진 이곳. 오늘 우연히 보게 된 표지판에는 이 마을로부터 각 나라와의 거리가 표시되어 있었고, 한국은 무려 10,590km 떨어졌다는 것을 알게 되었다. 새삼 한국이 정말 꽤나 먼 곳에 있는지를 다시 느끼게 되었다. 그리고 이 먼 곳에서 나와의 약속을 다 지켜냈음을 몸소 알게 되었다.

내 어린 시절을 돌이켜보면, 짜장면집에서 "단무지 더 주세요."라는 말도 못 하는 꼬마였다. 더 커서는 용기가 생겨 부반장을 맡았지만, 친구들에게 가정통신문을 제출해 달라고 큰 소리로 외치는 것은 힘들었다. 나는 주목을 받거나 큰 소리로 내 의견을 내야 하는 것은 조금 힘들어하는, 평범한 내성적인 학생이었다. 그래서 내 인생에 '도전'이라는 글자는 어울리지 않는다고 느꼈다.

물론, 막상 해야 할 일이 닥치면 어떻게 해서든 해냈다. 예를 들어, 면접이나 인생의 중요한 순간들 말이다. 하지만 그런 일들은 내게 아주 큰 에너지가 필요했다. 에너지가 부족한, 조금은 나약했던 나에게 아주 잘 맞는 처방 약은 운동이었다. 스스로 약속한 하루 운동 일과를 모두 해냈을 때의 성취감은 그 어떤 칭찬보다도 달달했다. 홀로 서서 무언가를 해내는 것이 나를 단단하게 만들어 냈다.

그런 나에게 이 순례길은 메가도스(Mega-dose)라고 부를 수 있을 정도로 나를 성장시켰다. 자전거에서 넘어져 뒤를 돌아보아도 이제 나를 지켜봐 주는 부모님은 없다. 만약 계신다고 하더라도 상처를 숨겼을 것이다. 이젠 내 아픔이 곧 그들의 아픔이 되는 것을 아는 30대에 접어들고 있으니 말이다. 난 이제 어떤 아픔도 이겨내고 홀로 서서 걸을 수 있는 어른이다.

순례길의 마지막 날을 앞둔 날. 아직 실감 나지 않는 '마지막'이라는 단어를 베개 밑에 넣어두었다. 내 옆에 있는 친구들도 알 수 없는 감정으로 하루를 마무리하는 것 같다. 800km라는 거리에서 우리를 단단하게 한 것은 무엇일까? 그것은 어떤 이유가 있어도 우리는 800km를 걸을 수 있는 강한 사람이라는 것. 아마 당분간 우리는 그 누구보다 강한 사람일 것이다.

눈을 감으니, 주위에서 은은하게 켜둔 조명이 느껴진다. 그리고 저 멀리 동네 강아지들이 합창하듯이 짖는 소리가 들린다. 아 드디어 내일이면 이 여정이 끝나는구나. 실감 나지 않는 하루를 마무리하며 지난날들과 앞으로의 날을 생각한다. 한국과의 거리는 10,590km, 그곳에서 800km를 걸은 나. 나는 홀로서기에 단단한 사람일까? 떨어진 거리만큼이나 난 아주 단단한 사람이다. 그것도 튼튼하고도 씩씩하게 말이다.

18장. Hola, Buen Camino !

비가 씻어준, 새로운 길 위에서

아주 어릴 적이다. 학교도 다니기 전, 여름휴가로 가족들과 바닷가로 떠나는 날. 어린 내 마음도 모르고 하늘은 아주 흐렸다. 그래서 전에 이미 추적추적 비가 내리고 있었다. 지금이야 시원한 카페에서 비오는 것을 보며 쉴 수 있지만, 그때의 나는 온통 수영 생각뿐이었다. 혹여 비가 오면 바다에 못 들어갈까 봐 걱정이 앞섰다.

그래서 그냥 비를 맞으며 놀았다. 부모님도 이런 어린 마음을 눈치채셨는지, 부슬부슬 내리는 비 아래로 나를 내보내셨다. 그때의 나는 흐린 하늘 아래 파랗지 않은 바다를 향해 달려가는 것이 좋았다. 물은 조금 차가웠지만, 시간 가는 줄 모르고 뛰어놀았던 기억이 난다. 중학생만 되어도 비를 맞고 노는 게 달갑지 않았겠지만, 어린 나는 비도, 바다도 그저 즐거움이었다.

어른이 되어, 비를 맞으며 달려본 적이 있다. 일부러 비를 맞으려 한 건 아니었다. 달리는 중에 갑자기 비가 내려 고스란히 맞을 수밖에 없었다. 산에서라면 방수 기능의 옷을 입을 수도 있었겠지만, 러닝 복장에 방수 기능이 있을 리가 없었다. 러닝복은 통기성이 중요하니 비를 막을 방법은 더더욱 없었다. 그래서 그대로 쏟아지는 비를 온전히 맞으며 시원하게 달렸다.

10km가 목표였기 때문에, 거세지는 빗방울에도 포기하지 않고 끝까지 달렸다. 모자를 쓴 덕에 눈에 비가 들이치지 않는 걸 다행으로 여기며, 상쾌한 기분으로 뛰었다. 달리고 나니 신발에는 물이 찼고 옷도 금세 빨아야 했지만, 오히려 해방감이 들었다. 비가 더운 열기로 가득한 나를 씻어주는 듯했고, 오래된 어떠한 감정이나 짐을 털어내 주는 것 같았다.

그리고 어린 시절의 기억이 떠올랐다. 동심에 불과했을 거라 생각했던 자유로운 기분이 새로 살아난 듯했다.

10월 03일

산티아고 데 콤포스텔라(Santiago de Compostela), 살면서 한 번쯤 꼭 가야 하는 도시로 불리는 곳이다. 건강하게 걸을 수 있는 마음만 있다면 누구든 갈 수 있는 곳. 드디어 오늘은 800km의 긴 여정을 마무리하는 종점에 도착한다. 이 종점에 가까워질수록 새로 합류하는 사람들이 많아지면서 분위기는 어수선해졌다.

정말 긴 여정이었지만 한걸음, 한걸음이 행복해서 이 길은 아껴서 걷고 싶었다. 그러나 종점에 가까워질수록 이 어수선한 분위기 덕에 조금 일찍 도착하고 싶은 마음이 생겨났다. 원인이 어수선한 분위기라면, 어수선하지 않은 새벽이 좋은 시간일 것이다. 그래서 오늘은 깜깜한 새벽에 고요히 시작하고 싶었다.

깜깜한 새벽에 홀로 걷는 마지막 날. 오늘은 나만 빨리 출발하고 싶은 것은 아닌지, 숙소 앞에 다른 순례자들도 아침 일찍 떠나는 것이 보였다. 하지만 잠시 후 그들은 다시 돌아와 가방을 풀고 우비를 꺼내기 시작했다. 무려 마지막 날인 오늘, 그다지 달갑지 않은 비가 오고 있는 것이다.

비 자체야 싫은 느낌이 크지 않았지만, 이 소중한 날에 비가 온다는 것이 아쉬웠고 특히 우비를 쓰는 것은 꽤나 불편한 일이었다. 어쩔 수 없이 나도 짐을 다시 풀고 우비를 꺼내 입었다. 오늘도 쉽지 않은 날이구나.라고 짧게 생각했던 것 같다.

그러나 조금씩 걸음을 옮기며, 갑자기 이 비가 꼭 30일간의 나를 씻겨주는 것 같다는 생각이 들었다. 그동안 수고했다며, 지치고 힘든 몸을 다독여주는 기분이 들었다. 첫날 쏟아지던 폭우 이후로 비를 자주 맞지 않았기에, 오늘의 비는 나에게 더 특별하게 다가왔다. 첫날과 닮은 비를 보니 극기 훈련 같았던 첫날이 떠올랐다.

오늘은 바(bar)에 들려 커피를 마시는 여유는 즐기지 않았다. 비를 맞으며 걷는 것에 집중하고 싶었다. 어두운 새벽길이지만 곧 밝아오는 해를 쫓으며, 마음을 놓고 호흡하니 마음이 평온해졌다. 내가 순례길을 좋아할 수밖에 없는 이유다. 비 오는 소리와 함께 모래 밟는 소리는 내 마음을 고요하게 한다.

곧 비가 그쳤고, 숲길을 지나 도시로 접어드는 아스팔트 길을 걷기 시작했다. 마지막 날이라고 가져온 옷 중 제일 멋진 옷을 입어도 허름하기 짝이 없었다. 그러나 이 허름한 것이 고스란히 풍기는 내 분위기가 좋았다. 과연, 산티아고 데 콤포스텔라 대성당을 마주하면 무슨 기분이 들까? 설레면서도 묘한 긴장감이 들었다.

대성당에 가까워질수록 사람은 더 많아졌고, 백파이프로 연주하는 소리가 멀리서 들려왔다. 그 소리가 점점 커지며 긴 여정을 끝낸 나를 맞아주는 듯했다. 이제 이 골목을 지나면, 성당에 도착한다. 그동안 매일 보았던 순례길의 화살표와 조개 표시가 더 이상 없다는 사실이 낯설고 아쉬웠다. 내일 아침에도 다시 일어나 그 표시를 따라 길을 걸을 것만 같은데, 벌써 끝이라니.

이 여정의 마지막 페이지처럼, 길이 끝나는 듯한 문이 눈앞에 보인다. 마지막 문. 하지만, 이 문을 넘는다고 모든 것이 끝나는 건 아닐 것이다. 오히려 새로운 시작을 알리는 문일지도 모른다. 비가 내 몸을 새로이 씻어주듯, 나 역시 새로운 출발을 준비하고 있었을 것이다. 100m, 50m, 10m... 그간 고생했던 나에게, 이제껏 한 번도 들려주지 않은 인사를 하고 싶다.

Hola, Buen Camino !

19장. 헤어짐에 강해질 수 있을까

순례길의 번외 편, 길 위에서 배운 한 가지

"시절 인연"이라는 말을 요즘 자주 듣는다. 불교 용어 중 하나로 모든 인연에는 그 나름의 때와 시기가 있다는 뜻이다. 유년 시절, 학창 시절, 직장 생활을 되돌아보면, 하나의 인연이 끝까지 이어지기 위해선 엄청난 노력이 필요하다는 것을 자주 느낀다.

어떤 이들은 이런 인간관계에서 많이 지치고 힘들어 하는 것 같다. 아무래도 인연은 시기가 맞지 않으면 한 사람의 노력만으로는 유지하기 어려운 법이다. 성격이 맞는 친구를 찾기 것도 어려우니, 사는 지역과 환경, 관심사가 맞는 사람과 오래 인연을 이어가는 것은 더욱 힘든 일이다.

그래서일까. 굳이 애쓰지 않아도 만날 인연은 자연스럽게 만나고, 아무리 애써도 만나지 못할 인연은 결국 멀어지기 마련이라는 '시절 인연'이라는 말이 참 와닿는다.

아무리 애착이 가는 물건조차도 영원하지 않은데, 사람과 사람 사이의 관계에 시기가 있는 것은 어쩌면 당연한 일일지도 모른다.

이런 이유로 점점 인간관계에 대해 기대하지 않게 된 것 같다. 한때의 인연. 같은 학교에 다니던 시절의 인연과 같은 회사에 다녔던 시절의 인연이 많이 지나갔다. 그래서 난, 이 모든 것을 자연스러운 과정으로 생각하며 더 이상 '인연'에 욕심을 두지 않으려고 노력하게 되었다.

⋙ ⋙ ⋙

순례길의 마지막, 산티아고 데 콤포스텔라. 그곳에서 새롭게 모여든 낯선 사람들이 적응되지 않았다. 이전에는 작은 마을에서 종종 마주친 친구들이 많았지만, 이곳에서는 이미 앞서 출발하여 마주친 적 없는 사람들이 모여있었다. 그리고 700km 지점에서 시작하여 걸어온 이들, 혹은 다른 루트에서 출발한 이들이 함께 뒤섞였다.

그러다 보니, 나와 함께 걸었던 친구들이 그리워졌다. 다행히도 그들과 SNS 연락처를 교환해 두었기에, 친구들의 소식을 알 수 있었다. 메신저로 대화를 나누며 그들이 어디쯤 걸어왔는지, 산티아고에 도착했는지를 알리며 소식을 주고받았다.

친구들보다 조금 먼저 도착한 나는 산티아고에 며칠 머물며 뒤늦게 도착하는 이들을 마중 나갔다. 그토록 바라왔던 종착지에서 친구들의 얼굴을 보는 것은 정말 특별한 경험이었다. 발에 물집이 생겨 고생하거나, 부상을 당해 일정 중간에 버스를 타기도 했던 친구들. 그들의 고생을 알기에, 이곳에서 보는 얼굴은 더욱 반가웠다.

그래서 산티아고에 머물고 있었던 즐거움 중 하나는 '친구들이 도착하는 순간을 맞이하는 일'이었다. 더불어 그곳에서 순례자들의 모습을 보는 것이 좋았다. 광장에 털썩 앉아 순례자들이 대성당 앞에 도착하는 모습을 지켜보았다. 휠체어를 타고 온 이도 있었고, 90세가 넘은 나이에 완주한 사람도 있었다.

그들과 대화를 해보지 않더라도, 발걸음 속에 있는 많은 의미를 느꼈던 것 같다. 공터에 가만히 앉아 순례자들을 지켜보는 것은 내게 아주 좋은 기억으로 남아, 후에 다른 친구들에게 추천을 하기도 했었다. 아직 가시지 않은 여운과 '마지막'이라는 감정을 털어놓기에 정말 좋은 장소였다.

함께 걸었던 친구 중 몇 명은 도착하자마자 비행기 일정 때문에 서둘러 떠나야 했다. 순례길에서 나와 아주 친했던, 캘리포니아에 사는 한국인 어머님들이 계셨다. 부모님과 비슷한 연세였지만, 발걸음의 속도도 그리고 취미가 등산인 것도 나와 잘 맞았다. 손빨래가 서투른 나를 위해 도움도 주셨고, 숙소 예약과 같이 젊은 사람들의 손길이 필요한 부분은 내가 또 도와드렸다.

쉽지 않은 길을 이들과 함께하였으니, 정이 드는 것은 당연하였다. 그래서 곧바로 떠나는 선생님들을 보니 너무 아쉬웠다. 선생님들과 헤어짐이 유독 슬펐던 건, 아마도 다시는 만나기 어려울 것이라는 생각 때문이었을 것이다. 한국에서 살고 계신 것도 아니고, 너무 먼 곳에 계신 분들이니 실제로 다시 만날 기회는 거의 없을지도 모른다. 이렇게 가까워진 이들과 이별한다는 것에 눈물이 나는 것은 당연한 일이었을 것이다.

'인연'에 더 이상 욕심내지 않겠다고 생각했지만, 헤어짐은 여전히 마음을 아프게 한다. 30일 동안 순례길에서 여러 친구와 함께 지내며 정말 가족처럼 지냈다. 서로를 카미노 패밀리라고 부르며 식사하고, 대화를 나누고, 장을 보러 다녔다. 그래서 이 이별이 마치 가족과 헤어지는 것처럼 아팠다.

일상에서는 사람들과 다시 만날 수 있다는 생각이 들어 크게 아쉬움이 남지 않는다. 가령, 등산에서 말동무가 되는 분들도 헤어짐에 크게 아쉬움이 남지 않았다. 언젠가, 인연이 되면 다시 만나겠지. 하지만 이곳에서 만난 친구들은 각기 다른 나라에 사니, 현실로 돌아가면 아마 연락도 닿기 어려울 것이다. 그러니 더 아쉬움이 남을 수밖에 없다.

순례길이 끝나고 포르토나 바르셀로나에서 순례길 친구들을 많이 만나기도 하였다. 허름한 복장에서 벗어나 조금 멀끔한 모습으로 도시에서 만나니 이건 이대로 좋았다. 그래도 순례길보다 더 좋은 곳은 없다며, 순례길의 기억을 떠올리며 함께 웃었다. 친구들과 무용담처럼 늘어놓는 순례길의 추억은 아주 소중했다.

'시절인연'. 인생에 여러 짧은 인연이 있었지만 순례길은 인생의 시절인연을 함축적으로 보여준 여정이었다. 한국에서 다시 볼 수 있을 것 같은 친구는 오히려 다시 보지 못했고, 반대로 연락이 끊길 것 같던 친구와는 꾸준히 연락을 주고받고 있다.

아직 나는 '헤어짐'에 무뎌지지 않은 사람이다. 만남과 헤어짐에 큰 의미를 두지 않으려 했지만, 여전히 난 헤어짐에 여린 사람임을 다시 느낀다. 어쩌면 우리는 헤어짐에 결코 무뎌질 수 없는 존재가 아닐까? 혹여 헤어짐에 무뎌진다면, 그것은 조금 슬픈 일일지도.

나를 스쳐 가는 인연은 붙잡을 수 없다는 것을 알기에, 헤어지는 것은 언제나 힘든 일임을 다시 느끼게 된다. 길 위에서 얻게 된 배움 중 하나. 우리는 영원히 헤어짐에 강해질 수 없을 것이다. 그러니 이 여린 내 모습을 지우고 싶지 않다.

20장. 쉬운 산은 없다.

그럼에도 계속해서 산을 찾는 이유

20살, 모든 게 새롭고 신기하던 시절에는 외국어로 쓰인 간판조차도 신기했고, 알아들을 수 없는 언어로 말하는 방송마저도 흥미로웠다. 하지만 여러 번 해외여행을 다니면서 그 환상은 점차 희미해졌다. 이제는 여행 전날 짐을 챙기고 장시간 비행에 대한 부담이 먼저 떠오른다.

800km의 스페인 시골길을 걸으면서 그 나라의 구석구석을 다 본 듯한 기분이 들었다. 그래서 관광지에 대한 기대도 줄어들었다. 물론 바르셀로나에서 가우디의 건축물을 보는 건 여전히 경이로웠다. 괴짜와 천재 사이의 평가를 받았던 이가 이제는 한 도시를 대표하는 인물이 된 것에 감탄하지 않을 수 없었다. 그럼에도 불구하고, 건축물보다 자연에 더 끌렸다.

순례길은 트레킹에 가까워 제대로 된 등산을 할 기회는 없었다. 그런 나에게 웅장한 바위산 '몬세라트'는 충분히 매료시킬 만했다. 도심에서 조금 벗어난 곳이었지만, 당장 가고 싶어 기차표를 예매해 떠났다. 비록 열차표에 제한된 시간이 있어 땀을 삐질삐질 흘리며 3km 정도밖에 오르지 못했지만, 높은 곳에 올라서서 바라본 수도원과 바위산의 풍경을 잊을 수 없었다.

뜨거운 해를 마주하고 올라 힘이 들었지만, 짧게 등산을 다시 맛보니 산이 더 좋아졌다. 한국으로 돌아가기 전, 친구들과 여러 등산을 약속했다. 이제는 높은 빌딩보다는 푸르고 울창한 숲을, 사람으로 붐비는 도심보다야 질서 있게 길을 오르는 산이 더 좋아진 모양이다.

»→ »→ »→

'악' 산에 대한 여러 평을 들었다. 보통 악산이라 하면, 올라갈 때 "악!" 소리가 절로 나와 악산이 된다고 한다. 단풍이 절정인 어느 가을, 월악산 영봉에 오르기로 하였다. 오르면서 드는 생각은 사실 단풍은 산 아래가 더 많았다는 것이다. 위로 갈수록 절정이었던 단풍이 저물고 발아래로 낙엽이 가득하였다.

그래서 가을임에도 불구하고 이끼가 가득한 계곡 산

만큼 힘들었다. 더불어 하봉, 중봉, 영봉이라는 봉우리 3개를 넘어야 했기에 보통 쉽지가 않았다. 무거운 가방을 메고 긴 거리를 완주한 경험으로 이제 산쯤은 괜찮을 줄 알았다. 하지만 매끄러운 큰 바위를 짧은 다리로 성큼성큼 올라서야 하는 것이 쉬울 리가 없었다.

'낙상 주의'와 '미끄럼 주의' 경고판을 참 많이 보았다. 새삼 등산이라는 게 쉬워질 수 없는 것임을 다시 느꼈다. 하지만 사람의 기억은 미화되기 마련이다. 떨어진 단풍에 미끄러져도, 3개의 봉우리를 넘는 뿌듯함을 알려준 월악산을 좋아하게 된 것 같다. 더불어 친구와 꿀맛 같은 김밥을 먹고 단풍의 절정을 보니 또 다른 산에 오르고 싶어졌다.

그래서 다음 산은 가족끼리 떠난 제주도에서의 한라산이 되었다. 아쉽게도 가족 중에 등산을 함께할 사람은 없어 자연스럽게 나 홀로 등산을 계획하게 되었다. 그렇지만 홀로 오르는 등산도 내게는 즐거움이므로, 또 다른 설렘으로 여행 짐을 쌌다. 가을이 지나 겨울로 접어드는 계절인 만큼, 방한용품을 꼭 챙겨야 했다. 어느덧 캐리어에는 등산용품이 한가득 차지하게 되었다.

가을에 월악산을 오른 덕분에 한라산을 오르는 것이 두렵지는 않았다. 다만, 겨울이 성큼 다가와 등산이 쉽지 않겠다는 생각이 들었다. 찬바람을 헤치고 아이젠을 착용해야 하는 산은 처음이었다. 아니나 다를까, 오르기로 예정된 전날에 폭설이 내리고 있었다. 정말 '설상가상'이라는 단어가 맞았다. 체력이 문제가 아니라 오를 수 있는지가 의문이었다.

그래도 다행히 국립공원 알림에는 전면 통제가 아닌, 중간에 있는 삼각봉까지는 오를 수 있다는 소식을 전했다. 설산에 대한 기대 없이 제주도에 왔는데, 무려 첫 설산이 한라산이라니! 행운을 얻은 것과 같은 기분으로, 설레는 마음을 주체할 수 없었다.

새벽같이 택시를 타고 관음사 탐방로에 도착하였다. 국립공원답게 길이 잘 닦여져 있어 평탄하게 등산로로 접어들었다. 아직 햇빛을 보지 못한 새벽이라 그런지 곳곳에 눈이 조금씩 있었다. 아이젠을 처음 사용하였기에, 눈이 조금 많다는 기분이 들 때 아이젠을 착용하였다. 오르는 것에 집중하여 알아차리지 못했는데 어느새 눈이 내 종아리까지 차 있었다.

설산의 첫인상은, 갯벌에 발을 담그는 기분이었다. 거기에 경사진 오르막이 더해지니 힘이 배로 들었다. 머릿속에는 “아, 정말 세상에 쉬운 산은 없구나.”라는 생각이 계속 들었다. 매일 25km가 넘는 거리를 걸어도 5km 거리를 뛰는 것에 항상 숨이 찼고, 5km를 30분 안에 뛸 수 있어도 등산에서의 5km는 정말 달랐다.

다시 한번 겸손해지는 순간이었다. 생각해 보면 내게 쉬운 산은 없었다. 하물며 산의 초입인 아스팔트 들머리도 항상 어려웠다. 산은 내게 항상 겸손함을 일깨워주는 듯하다. 다리가 푹푹 빠질 때마다 내 다리의 온전한 무게가 느껴졌다. 그러나 처음으로 맞보는 설산의 아름다운 풍경에 이 모든 고생을 잊을 수밖에 없었다. 이번에도 난 한라산을 참 좋아하게 된 것 같다.

요즘은, 산이 많은 우리나라가 새삼 좋다. 멀리서 보면 그저 비슷한 초록색 산들 같지만, 막상 오르면 매번 다른 풍경이 펼쳐지고 새로운 깨달음을 준다. 같은 산을 다시 오를지라도 말이다. 이렇게 산이 많은 나라에서 태어난 것에 참 감사한 요즘이다. 산이 주는 여운을 곱씹으며, 나는 자연스레 또 산을 찾게 된다. 이런 끝없는 즐거움이라면, 계속 겸손하게 산을 오를 수밖에.

21장. 멀리 가려면 천천히 가야 해

나의 첫 마라톤

기안84의 첫 풀코스 마라톤 도전이 방영된 이후, 러닝이라는 종목에 사람들이 많은 관심을 두기 시작하였다. 사실 난 기안84의 마라톤 도전만큼 '마라톤'에 대한 큰 관심은 없었다. 그냥 러닝이라는 운동 자체를 좋아했다. 5km를 뛸 수 있게 되었더니 어느덧 거리를 늘려 10km도 뛸 수 있게 되는 것이 신기했고, 가쁜 숨을 몰아쉬는 개운함이 좋았다.

하지만 나도 3분만 뛰어도 숨이 턱 끝까지 차올라 힘들었던 적이 있었다. 그래서 3분을 뛰고 1분을 걸으면서 30분을 채웠고, 어느 날은 오기가 생겨 5분으로 뛰어보기도 하였다. 5분이 익숙해지는 날에는 10분, 20분 그리고 계속 뛰어보니 이제는 30분을 쉬지 않고 달릴 수 있게 되었다.

늘어가는 시간과 거리를 보며 러닝이 참 정직한 운

동이라는 걸 깨달았다. 노력한 만큼 몸이 답해주는 이 경험이 신기했다. 그리고 자연스레 나를 소개하는 자리에서 "달리기 좋아해요."라고 말할 수 있게 되었다. 그때부터였던 것 같다. 내 삶에 러닝이라는 취미가 조용히 자리 잡기 시작한 것이.

»»> »»> »»>

찬바람이 불고, 높은 산의 지붕에는 눈이 내리기 시작한 계절이 다가오고 있었다. 가을을 느끼며 산을 즐기는 계절이 짧게도 지나갔다. 그런 날에, 갑자기 나도 마라톤에 한번 나가보고 싶다는 생각이 들었다. 물론, 42.195km라는 무시무시한 거리는 아니었다. 하프 코스도 가늠되지 않았기에, 풀코스는 내 인생에 아주 먼 이야기 같았다. 그런 내게 10km가 딱 좋았다. 5km는 조금 아쉬우니, 10km에 도전하고 싶었다.

기억을 거슬러 보면, 첫 10km는 친구와 떠난 제주도 여행이었다. 10km를 내리뛸 체력이 아직 되지 않았기에, 최대한 즐기면서 달려보자.라는 마음이 컸다. 친구보다 하루 빠르게 제주도에 도착하여, 다음날 달릴 코스를 훑어보았다. 숙소가 있는 월정리해변부터 평대해변을 갔다 오면 딱 10km가 되었다.

여행의 또 다른 설렘이었다. 등산만큼이나 다음 날이 기다려지는 소풍 같았다. 특히나 바닷가를 옆에 두고 달린다는 것은, 상상만으로도 좋지 않을 수 없었다. 내가 상상한 ' 멋진 어른'의 모습 중 하나였을 수도 있겠다. 잠들기 전 뛰는 내 모습을 생각하니 어릴 적 생각한 멋진 어른이 된 기분이었다.

새벽에 일어나 준비를 하고 나가니 몽롱한 기분이었다. 하루의 시작은 이르게 느껴지는, 조용한 동네를 걸으니 잠에서 조금씩 깨기 시작하였다. 바닷가 근처에 와 아직은 달큼한 잠에 취한 몸을 풀었고, 달리기 어플을 켜고 뛰기 시작하였다. 처음에는 조금 무작정 달렸던 것 같다.

그래서 그런지 숨이 금방 찼다. 곧 심장이 터질 것 같은 기분에 "1km만 뛰고, 500m를 걷자."라는 계획으로 급히 수정했다. 계획을 바꿔도 1km가 왜 이렇게 긴지 뛰는 거리는 너무나도 멀어 보였고, 걷는 500m

는 눈 깜짝하는 사이에 지나갔다. 그래도 옆에 보이는 시원한 바다를 보면 또 기분이 좋았고, 머리를 헝클이는 바람이 시원했다.

달리는 나를 둘러싸는 풍경에 저절로 걸음이 조금씩 느려졌다. 이제야 눈에 들어오는 고요한 아침 바다가 참 이뻤다. 그러다 보니 숨을 들이쉬고 내쉬는 것도 처음보다 편했다. 이 정도라면 금방 10km를 갈 수 있을 것 같다는 자신감이 생겼다. 아마 이때부터 저절로 느낀 것 같다. 멀리 가기 위해서는 천천히 가야 한다. '천천히'라고 마음먹으니 10km가 눈앞에 있었다.

심장이 터질 것 같은 고통스러운 기억이 아닌, 상쾌하고 좋은 기억으로 남았기에 10km라는 거리가 무섭지 않았다. 그래서 내가 마라톤에 쉽게 도전할 수 있었던 것 같다. 도전은 같이하는 즐거움도 뺄 수 없는 법. 나만큼이나 운동을 좋아하는 한 친구가 있어, 친구에게 같이 마라톤에 나가보자고 권유했다. 도전하는 것에 거리낌이 없는 친구는 흔쾌히 수락했고, 그렇게 나의 첫 마라톤이 시작되었다.

마라톤은 처음인지라 짐은 어떻게 맡기는지, 추운

날에는 복장을 어떻게 입어야 하는지 인터넷에 계속 검색했다. 접하는 정보들은 신기한 것이 대부분이었고, 너무 낯선 장소와 활동이기에 모든 것이 잘 가늠되지 않았다. 종종 친구와 이런 아리송한 마라톤에 관해 이야기하며, 꾸준히 달리고 있을 때쯤 어느덧 마라톤대회가 성큼 다가왔다.

12월 10일, 한강시민마라톤대회. 새벽같이 출발하여 도착한 여의도역은 사당역과는 사뭇 다른 분위기였다. 주말 아침 사당역은 알록달록한 등산객들이 있었다면, 마라톤 대회가 열리는 이곳에는 검은색과 흰색으로 무장한 사람들이 대부분이었다. 검은색 옷에 배번호판을 달고 있는 사람들을 따라 바깥으로 나오니 자연스럽게 대회장에 도착하게 되었다.

그토록 많이 오던 한강이었는데 벚꽃도, 돗자리를 깔고 먹고 마시는 즐거움도 없는 한강은 처음이었다. 겨울이 다가오고 있어 강바람은 더 매섭게 느껴졌고, 주말 이른 아침에 졸린 눈을 비비며 이곳에 있으니 아 그냥 더 자고 싶다는 생각도 들었던 것 같다. 이런 나와 달리 집합 장소에는 정말 많은 사람들이 활기찬 기운으로 모여있었고, 찬 바람을 헤치고 몸을 푸는 사람들도 보였다.

그 장면은 나에게 신선한 느낌으로 다가왔다. 마치 여태 모르고 있던 세계를 맛본 느낌이랄까? 활기찬 기운 속에 같이 뒤엉켜있으니, 새벽같이 출발해 도착한 나 스스로가 뿌듯했다. 조금 낯설고 어색하지만, 나도 친구와 출발선에 서서 사람들과 같이 몸을 풀었다. 아직 뛰고 있지 않음에도 벌써 심장이 두근거리는 것만 같았다.

출발 직전, 손가락을 다 같이 접으며 숫자를 세었고 출발! 하는 소리와 함께 출발선을 넘어 달렸다. 한강 옆에서 달려보는 것은 처음이라 몰랐는데, 아침에 뛰는 한강은 참 눈부셨다. 강한 햇빛에 눈을 뜰 수 없을 정도였는데 다행히 모자와 선글라스가 있어 이 강한 햇빛도, 매서운 강바람도 헤쳐나갈 수 있었다.

1시간 안으로 들어오자. 이게 나의 첫 목표였다. 나를 제치고 쌩쌩 달리는 사람들이 보였다. 와, 정말 다들 빠르다.라는 생각이 스쳐 갔다. 그들만큼 빠르지는 않더라도 정말 최선을 다해 달렸다. 그래도 많은 사람들과 같이 뛰니 중간 지점인 5km를 금방 지나쳤고, 58분 22초 동안 온 힘을 다해 달려 도착지에 들어섰다.

추운 날씨임에도 땀이 났고, 마지막에 쏟은 숨이 한꺼번에 토해졌다. 1시간 안으로 들어오게 되어 뿌듯함과 함께 짜릿한 감정이 들었다. 아마 마라톤 분위기에 빠져든 것 같다. 아침 일찍 모여든 사람들 속에서 뛰어보니, 왜 사람들이 마라톤에 열광하는지 조금은 이해하게 되었다.

2년이라는 시간이 흘렀다. 내가 마라톤까지 나오게 된 지 말이다. 그저 달리기가 좋아서 시작한 취미가 어느덧 내 삶 속에 스며들었다. 천천히 한 걸음씩 내디디며 쌓아온 길들이 결국 나를 이곳까지 데려다주었다. 12월 10일, 내 삶에 작은 부분일 뿐이라 생각했던 달리기가 깊이 자리 잡게 된 그런 날이었다.

22장. 겨울을 나는 새로운 방법

설산이 알려준 겨울

겨울이 좋아, 여름이 좋아? 라고 묻는다면, 예전에는 겨울이 좋다고 답했겠지만, 요즘은 여름이 더 좋다. 운동을 하면 어차피 땀이 흐를 수밖에 없으니, 덥더라도 땀을 시원하게 쏟아내는 여름이 오히려 더 반갑다. 겨울에는 몸이 풀리는 데도 시간이 걸리고, 눈이라도 내리면 빙판길이 생겨 상상만 해도 아찔하다.

게다가 겨울은 일단 실외로 나가는 것부터 큰 도전이다. 따뜻한 이불에서 벗어나는 게 1단계, 한기가 드는 차가운 운동복으로 갈아입는 게 2단계, 그리고 문을 열고 나가 찬 바람을 뚫고 운동하러 가는 것이 3단계다. 이 모든 단계를 통과했다면, 운동을 다 하지 않아도 이미 절반은 해낸 셈이다.

봄, 가을이 짧아진 요즘, 그 순간마다 해야 할 일이 너무 많다. 벚꽃도 보고, 단풍도 즐겨야 하고, 날씨가 좋아서 자전거도 한 번쯤 타 줘야 한다. 그리고 봄, 가을마다 열리는 마라톤 대회를 준비하다 보면 눈 깜짝하는 사이에 무더위와 한파가 다가와 있다.

이런저런 이유로 점점 겨울을 덜 좋아하게 되었다. 그럼에도 겨울을 좋아할 수 있는 건, 한 해를 마무리하며 주위를 돌아볼 수 있기 때문이다. 올해의 나는 어땠는지, 소홀히 했던 것은 무엇이었는지 되돌아보며 따뜻한 추억을 회상할 수 있는 계절이다. 겨울은 마치 오래된 사진 앨범을 여는 듯한 기분을 들게 해 준다.

➳ ➳ ➳

등산을 시작하기 전에는 설악산, 지리산, 한라산을 제외하고는 이름조차 생소한 산들이 많았다. 하지만 등산을 시작한 뒤로는 계절마다 아름다운 산들을 알게 되었고, 이제는 지역을 생각하면 산이 먼저 떠오른다. 봄, 여름, 가을이면 산을 찾는 일이 일상이 되었다.

겨울에는 어떤 산이 좋을까 고민하다가 SNS에서 덕유산 사진을 보게 되었다. 하얀 눈으로 뒤덮인 설산은 이

전에 보았던 한라산과는 또 다른 겨울왕국 같았다. 상고대(*고산지대의 나뭇가지에 밤새 내린 서리가 하얗게 얼어붙어 눈꽃처럼 피어나는 것)가 환상적으로 피어 있었고, 능선을 넘는 풍경은 이국적인 분위기를 자아냈다. 그래, 덕유산 향적봉을 가야겠다!

12월, 올해 마지막 산행은 덕유산으로 정하고, 설레는 마음으로 등산 버스를 예약했다. 주말이 오기만을 기다렸지만, 가끔 인생은 뜻대로 되지 않는다. 오히려 간절히 바라면 되지 않을 때가 더 많은 것 같다. 갑작스러운 폭설로 덕유산을 향하는 길이 전면 통제되었다는 소식을 들었다.

불행 중 다행이라면, 예약한 등산 버스는 취소되지 않았고, 당일 아침에 다른 산으로 계획을 바꿔 선자령으로 향하게 되었다. 버스 전광판에는 여전히 '덕유산'이라 적혀 있었지만, 갑작스레 강원도로 향하게 되었다. 이런 상황이 우리뿐만은 아니었는지, 휴게소에는 행선지가 덕유산으로 적힌 버스가 참 많았다.

겨울 산 중에서 덕유산이 최고라는 말을 들었던 터라

조금 아쉬운 마음이 컸다. 하지만 산을 오를 수 있는 것만으로도 감사하기에 달가운 마음으로 선자령으로 향했다. 무척 추운 날이었다. 한반도에서 추위를 자랑하는 강원도의 매서운 칼바람은 한층 강렬하게 느껴졌고, 휴게소에서조차 살을 에는 바람에 말단이 꽁꽁 얼어붙는 기분이었다.

그렇게 도착한 선자령은 정말 새하얀 세상이었다. 왜 스키장이나 새하얀 눈 때문에 실명 사고가 종종 일어나는지 알 것만 같았다. 새하얀 눈 때문에 눈을 뜨기 어려웠고, 영하 20도라는 온도가 거짓이 아니었는지 바깥으로 노출되는 피부가 아려왔다.

뜻하지 않는 선물을 받은 기분으로 선자령을 올랐다. 그래도 오르막을 조금 오르니 땀이나 추위가 조금씩 사그라드는 것 같았다. 물론 나무가 에워쌀 때뿐이었지만 말이다. 광활한 평지에서는 새들도 바람에 밀려 앞으로 나아가지 못하고 같은 자리를 맴돌았다. 앞으로 가고 싶어도 힘이 드는 것은 사람뿐만이 아니었다.

또 정상석에서는 낮은 온도의 여파로 핸드폰이 방전

되는 사람이 속출했고, 사진을 찍는 줄을 기다리다 저체 온증에 걸릴까 급히 내려가는 사람도 많았다. 나 역시 손끝이 얼얼해 얼음이 되어가는 기분이었다. 핸드폰을 터치하기 위해 장갑을 조금이라도 벗을 때면, 1분도 채 안되어 손가락이 또각하고 부러질 것만 같았다.

결국 나도 정상을 보고 빠르게 하산했다. 나무가 바람을 막아주는 곳에 들어가야 살 것만 같았다. 오늘의 산행 푸드는 발열라면이었지만, 이 추위에 어떻게 먹어야 할지 걱정이 앞섰다. 겨울 산은 처음이라 몰랐는데, 등산을 자주 다니는 분들은 투명 비닐로 만든 쉘터 안에서 따뜻하게 식사를 하고 계셨다.

봄부터 가을까지 꽤 많은 산을 다녔다고 생각했는데, 겨울 산은 또 새로웠다. '쉘터'라 불리는 그 투명 비닐이 참 부러웠다. 쉘터가 없던 나와 친구는 꽁꽁 언 손으로 발열라면을 겨우 조리하며, 정말 조난당했다가 구조된 사람처럼 라면을 먹고 하산했다.

영하 20도에서 맛본 겨울의 추억을 잊을 수 없다. 겨울 산에서는 두꺼운 장갑이 필요하다는 것, 핸드폰 터치를 위한 펜이 필요하다는 것, 식사할 땐 쉘터를 준비해야 한다는 것 등 많은 걸 배웠다. 이제 산에 대해 잘 안다고 생각했지만, 겨울 산을 통해 내가 아직 한참 멀었다는 걸 깨달았다.

그리고 또 하나, 겨울을 나는 새로운 방법을 찾았다는 것이다. 아주 추워서 친구와 온몸을 떨며 산을 올랐지만, 설산의 묘한 기쁨을 알아버렸다. 결국 우리는 '설욕전'이라 칭하며 덕유산을 다시 찾았고, 비닐 쉘터를 꼭 챙겨 갔다. 이후엔 치악산과 한라산까지 올라 겨울 산의 추억을 더하게 되었다.

눈꽃이 만개한 겨울 산은 어쩌면 다른 계절에서는 느낄 수 없는 특별한 매력이 있다. 세상에 있을 수 없는 따뜻한 프라푸치노처럼, 차갑지만 돌이켜보면 웃음이 나올 수밖에 없는 따뜻한 추억이 많았다. 이제 나는 겨울을 나는 또 하나의 새로운 방법을 얻었다. 설산이 알려준 겨울을 좋아하게 된 것 같다.

23장. 같은 새해 다른 해

1월 1일 작은 변화를 만드는 조미료

어른의 시간이 빠르게 느껴지는 이유는 이미 다 겪어 본 경험이라 새로움이 없기 때문이라고 한다. 어린아이에게는 아이스크림 한 입도 별이 쏟아지고, KTX를 타는 것도 큰 즐거움이다. 그러나 우리 어른에게는 아주 맛있는 아이스크림도 순간의 자극일 뿐이며, KTX도 단순한 이동 수단으로 여겨질 뿐이다.

나도 모든 것이 익숙해졌다. 하지만 모든 것이 새롭지 않다고 느껴지는 나에게 다양한 운동들이 신선한 자극을 해주었다. 예를 들어, 겨울을 보내는 새로운 방법의 하나로 설산을 오르거나, 익숙했던 장소를 등산이나 러닝을 통해 새롭게 경험하는 순간들 말이다.

당장 집 근처만 보더라도, 달리기를 통해 얻는 기쁨이 컸다. 그저 집 앞 차도 옆 길이라고 생각했던 곳이 러닝에 적합한 코스였고, 그 길 끝이 자주 찾던 공원과 이

어져 있다는 사실을 알게 되었을 때 새로운 설렘이 밀려왔다. 러닝을 하지 않았더라면 길이 연결된다는 사실조차 몰랐을 것이다.

또, 의외로 우리 집이 다른 도시와도 가깝다는 것을 알았다. 차로만 닿을 수 있을 것 같던 거리도 두 발로 뛰어가니 꽤 가까운 '내 여행지'로 다가왔다. 이제 10km쯤은 별것 아니라 여겨지는 나에게, 왕복 15km 거리에 있는 도시는 두 다리로 갈 수 있는 작은 여행지가 되었다.

운동은 지루한 일상에서 새로운 자극을 준다. 그래서 꼭 심심한 찌개에 맛을 더해주는 조미료 같다. 몸에도 좋은 조미료라면, 나는 이 조미료를 평생 끊지 못할 것 같다.

»» »» »»

매년 12월 31일이면 가족과 집 근처 절에 올라 종을 치며 새해를 맞았고, 다음 날에는 "새해 복 많이 받으세요" 인사로 하루를 시작했다. 정동진처럼 일출이 아름다운 장소를 찾는 사람도 많지만, 사람이 붐비는 곳을 선호하지 않는 나에게는 선택지가 아니었다. 그래서 새해는 그저 12월 31일의 다음 날처럼 느껴졌다.

하지만 올해 1월 1일은 운동과 함께 맞이하고 싶었다. 일출을 보며 등산하는 것도 좋을 것 같았지만, 일출 명소는 높은 산일지라도 사람이 많을 게 분명했다. 그래서 과감히 산을 포기하고 10km 마라톤을 떠올렸다. 새해 첫 공기를 마시며 달리면 얼마나 상쾌할지 기대되었다.

평소에 접수하는 마라톤이라면 혼자서도 신청했겠지만, 이번에는 주위 사람들과 함께 참가하고 싶었다. 그래서 친한 친구에게 떡국도 먹고 마라톤으로 건강도 챙기자고 말하며 설득했다. 다행히 친구도 10km라면 괜찮다며 흔쾌히 동참해 주었다.

새해 첫날에 마라톤에 나가는 것은 처음이었다. 비록 아직 접수만 한 상태였지만, 알차고 뿌듯한 계획을 세웠다는 생각에 흡족했다. 한 가지 걱정되는 것은 겨울이라 길이 미끄럽다는 점이었다. 그래도 지난 12월 마라톤 때는 눈이 내리지 않았기에 크게 염려하지 않았다.

12월 31일에는 제야의 종소리를 들으며 잠에 들었다. 하지만, 올해 마지막 날에는 도저히 12시가 지나가기를 기다릴 수 없었다. 다음 날 새벽같이 한강으로 출발해야 했기 때문에, 졸린 눈을 참지 않고 잠들었다. 한 해를 열심히 보낸 나에게 주는 달콤한 선물 같은 잠이었다.

일찍 잠든 덕분에 새벽에 일어나 마라톤 준비를 했다. 귀를 덮을 헤어밴드와 장갑을 챙겼다. 겨울 야외 운동에서는 몸 끝부분을 보온하는 게 무엇보다 중요하다는 걸 깨달았다. 땀이 나더라도, 추위에 떨며 감기에 걸리기보다 보온이 우선이었다.

날씨는 정말 좋았다. 해가 떠오르는 모습을 보지는 못했지만, 준비 운동하러 나간 도림천에는 붉은 태양이 두둥실 떠올라 있었다. 친구와 함께 해를 바라보며 사진을 찍었다. 비록 몇 장뿐이었지만, 그 속에는 올해의 다짐과 여러 의미가 담겨 있는 듯했다.

두 번째 마라톤 출전이라 긴장되지는 않았다. 이전과 같이 출발선에 서서 손가락을 접으며 출발을 외쳤다. 사회자는 새해를 이렇게 마라톤으로 시작하는 사람들이 대단하다고 말했다. 누군가의 칭찬에 마음이 한층 더 부풀어 올랐다.

"즐기자"는 마음으로 가볍게 발걸음을 떼며 길을 달렸다. 생각보다 길이 미끄러워 속도를 낼 수는 없었지만, 그럼에도 여유롭게 뛰며 반환점을 돌아 도착선에 들어섰다. 단순히 출발해 도착한 것일 수도 있지만, 새해에 마라톤을 완주하니 모든 것을 이룬 듯한 느낌이었다. 특별한 계획이 없어도, 근사한 성과가 없어도 건강하게 이 길을 완주한 나 자신이 만족스러웠다.

마라톤은 똑같은 거리도 매번 다른 느낌을 준다. 새해 첫날에 시작한 나의 이 작은 여정은 아침 일찍 깨어난 발걸음들이 모여 만들어졌다. 그리고 나만의 호흡과 속도에 집중하며 새롭게 다잡은 마음가짐과 완주의 기쁨이 컸다. 그래서 아마 내년 1월 1일에도, 그 이후에도 같은 새해지만 다른 해를 계획할 것 같다.

심심했던 일상에 자극을 주는 이 조미료가 참 좋다. 부디 질리지 않고 오래도록 즐길 수 있기를 바라본다.

24장. 어쩌다 하프마라톤

유치한 의미부여

국경일이나 명절을 제외하면, 우리는 보통 생일이나 기념일 같은 날에만 특별한 의미를 두곤 한다. 하지만 그런 날 외에도 조금은 유치하지만, 소중한 사람을 위해 작은 선물을 건네는 순간이 있다. 마치 상술이라고도 불리는 밸런타인데이나 빼빼로데이처럼 말이다.

똑같은 하루도 이런 "데이"가 있으면 조금은 유치해도 낭만을 담아낼 수 있다. 때로는 삼겹살데이나 블랙데이를 핑계로 맛있는 음식을 먹으며 소소한 행복을 느끼는 순간도 있다. 마케팅에 불과할지 몰라도, 그날이 한 사람에게 특별한 의미를 부여할 수 있다. 그날이 주는 의미는 소소하지만, 그 소소한 의미가 쌓여 의외로 큰 영향을 미친다.

그래서 나는 가끔, 반복되는 일상에 작은 이벤트를

만드는 걸 좋아하게 되었다. 나의 작은 이벤트는 '달리는 거리'가 되었다. 예를 들어 오늘이 8일이면 8km를 뛸 것이고, 내 생일이 6월 6일이면 6.6km를 달릴 것이다. 의미란 부여하기 나름이었고, 그렇게 의미를 담아 달리면 끝까지 포기하지 않게 된다.

조금 지루하고 하기 싫은 날도 나만의 이벤트가 생기면 동기부여 되었다. 그래서 그런 걸까, 달리는 것에 싫증을 느끼거나 권태로움을 느껴본 적은 없는 것 같다. 일상도 별반 다르지 않다. 상술이라고 하는 그런 무슨 무슨 데이가 없다면, 일상이 아주 단조롭지 않을까. 그러니 조금은 유치해지는 것도 나쁘지 않을 것 같다.

⋙ ⋙ ⋙

10km가 익숙해질 즈음, 더 긴 거리를 뛰어보고 싶었다. 그러다 서울에서 열리는 하프마라톤을 알게 되었고, 4월 말의 그 대회에 참가하기로 결심했다. 결심은 쉬웠지만 21.0975km라는 거리는 낯설고 막막했다. 아마 그 막막함은 아직 해보지 않은 도전에 대한

불안감 때문일 것이다.

봄이 오기 전, 이 하프마라톤을 위한 준비가 필요했다. 짧은 거리야 집 앞에서도 충분히 연습할 수 있고 부담도 되지 않았다. 그러나 점점 거리가 길어질수록 긴 거리를 채우는 것이 부담되었다. 그래서 조금 웃기겠지만, '마라톤을 위한 마라톤'을 알아보게 되었다.

마침, 설날이 지나고 삼일절이 다가오고 있었다. 평소 애국에 큰 실현을 하지는 못했지만, 올해는 이 삼일절에 동기부여를 두고 싶었다. 유명 방송인이 이 대회의 수익을 독립운동가 후손들에게 기부한다고 들었고, 나도 참여하고 싶었다. 그래서 어쩌다 삼일절의 하프마라톤을 준비하게 되었다.

봄이 오려면 아직 멀었고, 눈이 자주 내리는 계절이었다. 처음에는 12km를 시작해 일주일마다 3km씩 늘려나갔고, 마지막에는 20km까지 뛰어보았다. 한꺼번에 긴 거리를 늘리지 않고 조금씩 거리를 늘리다 보니, 어느새 20km를 뛸 수 있게 되었다. 물론 그 거리가 쉽냐고 물어본다면 결코 쉽지 않았다.

그래도 20km를 뛰어보니, 하프마라톤을 완주할 수 있다는 확신이 생겼다. 느리더라도 오늘 뛴 것처럼 이 거리를 꼭 채워보자. 마음을 가볍게 여기니 뛰는 것에 부담도 생기지 않았다. 겨우내 열심히 달린 2월이 끝나고 3월 1일이 다가왔다.

마음이 가벼웠던 덕분인지, 아침에 늦잠을 잤다. 그래도 푹 자고 일어나니 오히려 기분은 좋았다. 다만, 그동안 조금씩 올라갔던 기온이 갑자기 영하로 떨어져 있었다. 컨디션은 좋았지만 한강의 강바람을 생각하니 조금 주저되는 마음이 들었던 것 같다.

제시간에 도착한 대회장은 역시나 찬 바람이 불고 있었다. 그리고 한편에는 국기가 게양되고 있었다. 내가 삼일절에 뜀을 다시 느낄 수 있었다. 국기에 대한 경례를 끝으로 가슴에 올려둔 오른손을 다시 내렸다. 이후에는 준비운동까지 마치니 어느덧 출발선 앞으로 갈 시간이 되었다.

'완주만 하자.' 가볍게 여기고 출발한 마라톤은 의외로 계속 속력이 붙었다. 아 오버페이스를 하는 것이 아닌가? 했던 우려와 달리 페이스는 떨어질 줄 몰랐고, 매섭게 느껴졌던 강바람이 이제는 날 밀어주는 느낌까지 들었다. 이전에 20km를 연습하던 것보다 더 가볍고 기분이 좋았다.

숨은 가빴지만, 지금 이 페이스가 버겁지 않았다. 어느덧 페이스메이커를 따라잡았고, 다음 하프마라톤의 목표에 가까워지고 있었다. 속으로는 아 이런 게 러너스하이(*runners' high: 30분 이상 뛰었을 때 밀려오는 행복감. 헤로인이나 모르핀을 투약했을 때 나타나는 의식 상태나 행복감과 비슷하다.) 인가라고도 생각이 들었다. 힘들다는 기분보다는 개운하고 더 달릴 수 있겠다는 생각이 컸다.

그래서 피니시라인에 들어와서도 가쁜 숨이 토해질지 언정 고통스러운 느낌은 들지 않았다. 평소라면 지금 이 시간에 쉬는 날이라고 집에 누워있거나 늦잠을 잤을 것이다. 그러나 오늘은 감사한 마음으로 21.0975km를 뛰었다는 것이 나를 들뜨게 했다. 난, 어쩌다 하프마라톤을 완주하게 되었다. 그것도 아주 가볍게 말이다.

나의 이 유치한 의미부여 덕분에 이전과는 다른 삼일절을 보낼 수 있었다. 어쩌면 이런 작은 의미들이 일상에 생기를 불어넣어 주는 것이 아닌가 생각하게 된다. 내게는 그 유치함이, 지금 이 순간을 더 특별하게 만들었다. 아직 이 사소하고도 단순한 의미 부여에 뿌듯함을 느껴본 적이 없다면, 한 번쯤은 의미를 담아 보라 말하고 싶다. 오늘 하루쯤은, 조금 더 유치해져도 좋을 것 같다.

25장. 마음먹기 나름이지

자전거로 배운 마음 근육 성장기

바퀴 달린 것에는 잘 익숙해지지 않았다. 세발자전거 이후로 바퀴가 2개인 것은 오로지 킥보드만 탈 수 있었다. 어릴수록 겁이 없기 마련이었다. 스릴이란 것이 참 좋았던 초등학생 때는 높은 언덕에서도 킥보드를 타고 내려와도 두렵지 않았다. 설령 도로의 배수구 구멍에 바퀴가 걸려 넘어져도, 그땐 다 괜찮았다.

그러던 어느 날, 초등학교 고학년 시절 아빠께서 은색으로 빛나는 멋진 두발자전거를 사 오셨다. 이전에 타던 자전거들보다 훨씬 얇고 세련되어 보였고, 어린 나에게는 아주 어른스러운 자전거였다. 그러나 아버지의 도움으로 시작한 두발자전거 도전은 실패로 막을 내렸다.

아빠가 뒤에서 잡아주시지 않으면 금세 멈추거나 넘어질 것만 같았다. 갑자기 다칠 것 같은 두려움이 커져만 갔고, 자전거 안장이 부쩍 높아진 것도 불안감을 더했다. 중심을 잡는다는 감각이 어떤 건지 도무지 이해할 수 없었다. 계속 자전거에서 떨어질 수 있다는 상상이 끊이질 않았다.

그렇게 자전거를 타는 걸 포기했다. 친구들이 자전거를 탈 때면, “난 못 타”라고 말하고 아예 도전조차 하지 않았다. 타고 싶지 않았던 건 아니었다. 다만 넘어질 거라는 상상이 나를 멈추게 했다. 그래서 타고 싶었어도 꾹 참았다. 아마도 난 쭉, 평생, 자전거는 못 타겠다고 단정 지었다.

⋙ ⋙ ⋙

순례길에서의 어느 날, 한인 어머님과 걷던 중이었다. 등산과 운동을 즐겨하시던 어머님은 곧이어 자전거에 도전했던 경험을 이야기해 주셨다. 마냥 즐거운 경험은 아니셨다. 자전거를 한창 타실 때 마주 오는 아이와 어른이 있었고, 그들을 피하고자 방향을 틀었을 때 크게 넘어지셨다고 하셨다.

그 사고의 여파로 어깨가 심하게 다치셨었고 며칠은

입원하실 정도였다고 들었다. 그러나 어머님은 다시 자전거를 다시 타는 것에 아무런 두려움도 없으셨다. 오히려 그 두려움을 극복하는 것이 중요하다고 말씀하시며, 아직 자전거를 타지 못하는 나에게도 도전해 보라며 용기를 주셨다.

마음 한편에는 아 순례길이 끝나면 꼭 자전거를 배워야겠다.라고 생각했다. 이후 시간이 흘러 순례길이 끝나고 산을 오르고, 많은 거리를 달렸다. 꾸준히 운동하면서 내게 일어난 가장 큰 변화는 도전에 대한 두려움이 사라진 것이었다. 예전 같았으면 망설였을 선택도 이제는 과감하게 할 수 있었고, 스스로에 대한 믿음이 커졌다.

그래서 그런 걸까, 불쑥 자전거에 도전이 피어올랐다. 자전거를 즐겨 타는 친구가 있었다. 그 친구가 내게 아름다운 풍경을 자전거 위에서 찍어 보여줄 때마다, 나도 자전거를 타고 그 풍경을 보고 싶다는 생각이 들었다. 일상에서도 흔히 볼 수 있는 풍경이지만 자전거에 대한 로망이 생긴 것 같았다.

그래서 친구에게 자전거 타는 법을 알려달라고 말했

고, 나의 두 번째 자전거 도전이 시작되었다. 자전거를 타고 어디든 가기 좋은 봄이었다. 친구보다 일찍 자전거 대여소에 도착한 나는 먼저 자전거를 빌렸다. 대여소 아저씨께 자전거 안장을 최대한 내려달라고 말씀드리니, 아저씨는 한번 타보라고 말씀하셨다.

우습겠지만 그때의 난, 자전거를 아직 못 탄다고 하면 혹시 아저씨께서 자전거를 빌려주시지 않을 것 같았다. 그래서 어색하게 웃으며 친구가 오면 타보겠다고 말씀드리고 자전거를 끌고 갔다. 자전거를 탈 줄 모르니 자전거 손잡이를 끄는 것조차도 어설퍼 보이는 듯했다.

타지도 못하는 자전거를 옆에 세우고 조금 기다리자, 친구가 도착하였다. 나는 인터넷 영상에서 본 자전거 타는 방법을 떠올리며, 하나씩 시도했다. 친구는 옆에서 그런 나를 보며 내가 부족한 부분을 알려주었다. 처음에는 두 발로 자전거를 밀면서 타는 연습부터 시작했고, 그다음에는 한 발을 떼었다.

그리고 마침내 두발을 모두 떼고 타야 하는 순간이 왔다. 두발을 떼고 중심 잡기란 정말 쉽지 않았다. 그런 내게 친구는 내리막길에서 한번 타보라고 권유했다. 아직 두 발을 떼지도 못하고 중심도 못 잡는데 내리막길이라니! 조금 겁이 났다.

그러나 약한 내리막길에서의 도전은 아주 큰 도움이 되었다. 내리막길에서 속력을 얻자, 무의식적으로 페달을 밟기 시작했다. 내리막길 아래에서 기다리고 있던 친구에게 말로는 못 타겠다고 하였지만, 다리는 자전거 페달을 계속 밟았던 것 같다.

이후 그 감을 익혀보자는 친구의 말에 몇 번의 내리막길을 내려왔고, 나는 어느덧 평지에서도 페달을 밟기 시작했다. 한 시간도 채 안 돼 자전거를 배운 나는 스스로도 놀랐다. 그저 두려움의 크기를 조금 줄였을 뿐인데, 성공은 훨씬 가까이 있었다.

자전거 타기에 실패하고 성공하는 데에 20년 정도의 시간이 흐른 것 같다. 그동안 내게 많은 변화가 있었지만, 자전거에 대한 두려움은 오랫동안 변하지 않았다. 하지만 마음을 성장시킨 덕분이었을까. 이제는 두려움을 조금씩 작아지게 하는 방법을 배웠다.

성장기 동안에도 성장하지 않았던 두려움의 감정은, 훌쩍 어른이 되고서도 한참 시간이 흘러 변하였다. 누군가는 "고작 자전거 타는 일에 이렇게 긴 이야기가 필요해?"라고 물을지 모른다. 하지만 나처럼 작고 사소한 경험이 큰 감정을 불러일으킨 순간을 기억하는 사람도 있을 것이다.

마음은 계속 성장하는 듯하다. 그 성장의 과정은 작은 선택과 도전에서 비롯되었다. 정말, 모든 것은 마음먹기 나름이었다.

26장. 여행지를 알아보는 방법

나의 러닝코스를 소개합니다.

여행을 좋아하지만, 국내 여행에서 종종 한계를 느낀 적이 있다. 한국인이라면 한 번쯤 방문할 법한 관광지는 거의 다 가보았고, 긴 줄을 기다려 먹는 유명 먹거리들도 이제는 흥미를 잃었다. 무엇보다 한국에서는 조금이라도 늦으면 여행지에서 할 수 있는 것들이 대부분 제한적이다. 숙박은 물론이고, 인기 관광지도 예약이 꽉 차 있어 쉽게 접근하기 어렵다.

그러나, 산을 찾기 시작하면서 모든 지역이 새롭게 다가왔다. 뒤돌아보면 내가 원했던 것은 단순히 먹고 구경하는 것이 전부였기에 여행이 지루하게 느껴졌던 것 같다. 산을 접하고 나서는, 꼭 유명한 곳이 아니어도 여행의 설렘을 느낄 수 있었다. 소풍을 기다리는 어린아이처럼, 전날 밤이면 기대감에 설레며 잠들었다.

러닝을 시작한 이후로는 익숙한 여행지도 새롭게 보

이기 시작했다. 가까운 서울에서도 한강을 따라 달릴 수 있다는 것이 즐거웠고, 바닷가에 가면 파도 소리를 들으며 달릴 생각에 가슴이 뛰었다. 꼭 멋진 명소가 아니어도, 러닝을 하다 보면 지도에서만 보던 골목들을 내 두 발로 직접 느낄 수 있었다.

이제 모든 장소가 새롭게 다가온다. 할 수 있는 것들이 늘어나면서 여행 가방도 자연스레 무거워지지만, 그만큼 즐거움도 함께 커진다. 이제는 러닝의 매력을 더 많은 사람들에게 전하고 싶다. 아침 공기를 가르며 달릴 때 느끼는 상쾌함과 눈앞에 펼쳐지는 풍경을, 소풍을 가는 듯한 설렘을 함께 나누고 싶다.

»» »» »»

3월 31일 양양에서

겨울바람이 남아 있는 이른 봄, 가족들과 함께 강원도 양양을 찾았다. 이번 가족 여행에는 새로운 손님도 있었다. 사촌오빠네 가족이 함께해 귀여운 조카도 함께였다. 7살 조카의 웃음소리 덕분에 차 안의 공기가 복작복작해 더 분위기가 들떠있었다.

여행 첫날밤에는 시장에 들러 오징어순대와 다양한 음식을 사 먹었다. 그래서 아침 일찍 달리고 싶은 마음이 들었다. 몸이 조금 무거워진 느낌이 썩 좋지 않아 차가운 공기를 맡으며 바다 옆을 달리고 싶었다. 잠들기 전 운동복을 머리맡에 두고 설레는 마음으로 잠들었다.

가족들과 떠나는 여행의 최고 장점은 편안함이다. 간혹 의견 차이로 잠깐의 불편함이 있더라도, 모두가 아침 일찍 일어나기에 이른 아침 러닝도 부담스럽지 않았다. 오늘은 사촌오빠도 함께 뛰기로 해서 오빠와 준비를 마치고 길을 나섰다.

해가 떠오르고 있었지만, 아침 공기는 차가웠다. 간단히 준비운동을 마치고 바다 옆 산책로를 뛰자 마음이 따뜻해졌다. 옆 차도에서 빠르게 달리는 자동차 소리는 파도 소리에 묻혔다. 한참을 달리다 속초 시내로 접어들었고, 큰 꽃게 모양 동상을 반환점 삼아 다시 바다로 돌아왔다.

바다 근처로 오니 저 멀리 조카의 모습이 보였다. 나를 따라와 옆에서 뛰는 모습이 기특하게 느껴졌다. 시합을 하자며 열심히 달리는 꼬마의 도전에 두 손을 들고 포기를 외칠 수밖에 없었다. 작은 발로도 열심히 발을 굴리는 어린아이의 해맑음이 참 이뻤다.

아직 하루가 시작되기 전의 아침이지만, 가족들과 함께한 아침 러닝 덕에 마음이 상쾌했다. 어제 많이 먹었던 저녁밥도 소화가 다 된 것 같다. 다 같이 갑자기 배가 고프다고 배를 부여잡으며 숙소로 돌아왔다. 오늘도 잊을 수 없는 가족여행임을 느꼈다.

8월 11일 시드니에서

갑작스레 호주 여행을 계획하게 됐다. 친구들과 시간이 맞아 한 달 전부터 준비했고, 그 계획 중 하나는 아침 조깅이었다. 한국이 여름이라면, 호주는 겨울이다. 하지만 한국의 겨울처럼 춥지 않고 가을 같은 겨울이어서 러닝 하기에 더 좋았다.

마치 전지훈련을 떠나는 기분이었다. 8월의 한국은 무더위가 절정이었고, 밝은 낮에 달리기란 상상도 할 수 없었다. 서늘한 온도와 가벼운 바람을 생각하니 마음이 들떴다. 첫 코스는 숙소 근처 하이드파크를 지나 보태닉 가든과 오페라하우스를 도는 것이었다.

추운 계절에는 달리는 사람이 줄기 마련이다. 하지만 아침 일찍 뛰는 사람이 참 많았다. 나뿐인가? 싶었던 순간도 공원에 접어드니 달리는 사람이 참 많았다. 여러 사람들과 함께 달리며 그들이 선택한 신발과 달리는 자세를 구경하는 것도 좋았다. 나와 다른 점을 발견하는 것도 꽤 재밌었다. 눈으로 열심히 러너들을 좇으니 어느덧 오페라 하우스에 도착하였고, 오페라 하우스를 중심으로 그 주위를 한 바퀴 뛰어보았다.

교과서에서 보던 그 오페라하우스를 끼고 뛴다는 것이 잘 실감 나지 않았다. 이른 아침이라 관광객도 없었고, 저 멀리 하버브리지까지 여유 있게 볼 수 있었다. 다시 러닝이라는 취미가 참 좋아졌다. 단순히 관광이 아닌 두 다리로 달리며 둘러본 이 주위가 좋았다. 오페라 하우스 옆으로 뜨거운 해가 떠오르고 있었고, 내가 구르는 발걸음 소리가 음악 리듬처럼 들렸다.

러닝을 마치고 숙소 근처에 커피가 아주 맛있는 집을

들러 따뜻한 라떼를 시켰다. 땀이 식어 차가운 몸을 따뜻한 라떼가 녹여주었다. 집 근처에 이런 맛있는 라떼가 있다면 매일 뛸 수 있을 것만 같은 기분이었다. 곧 잠에서 일어날 친구를 위해 커피를 사 가는 길이 마치 선물을 한 가득 든 듯했다.

이 즐거움을 맛보니 이후에도 계속 아침마다 뛸 수밖에 없었다. 센테니얼 공원까지 뛰어갔다 오는 길에 마신 아이스커피와 하버브리지 아래에서 바라본 루나파크의 모습이 아직도 생생하다. 달리는 내게 enjoy! 라며 인사해 주는 현지인들의 따스함 덕분에 이 도시, 시드니가 더욱 좋아졌다. 차가운 공기가 마냥 달게만 느껴진다.

8월 18일 군산에서

8월의 크리스마스, 초원사진관. 영화를 좋아하는 사람이라면 알고 있을 장소이다. 작은 도시지만 여행객이 끊이지 않는 군산으로 여행을 가게 되었다. 친구들과 함께하는 1박 2일의 여행인 만큼, 맛있는 음식이 빠질 수 없었다. 아주 매운 짜장면부터 곱창까지 맛있는 음식으로 즐거움을 차곡차곡 채웠다.

그리고 다음날의 러닝을 준비하였다. 군산은 새만금 마라톤으로도 유명한 러너들의 도시였다. 비록 숙소에서 새만금방조제까지는 거리가 있어 못 가지만, 군산에서 뛰기 좋다는 은파호수공원으로 계획을 세웠다. 평소 등산을 같이하던 친구와 내일은 아침 일찍 조깅하러 가기로 했다.

무더운 더위를 맛보며 돌아다닌 탓인지 잠이 일찍 쏟아졌다. 그 덕에 다음 날 새벽에 일어나 뛸 준비를 할 수 있었다. 햇빛을 막아줄 자외선차단제를 꼼꼼히 바르며 친구와 함께 숙소를 나섰다. 공원에 도착하니 해가 조금씩 떠오르고 있었고, 무리 지어 달리는 사람들도 보였다.

친구와 나도 간단히 몸을 풀고 달리기 시작하였다. 여름 호수는 금방 습해지기 쉬워, 빠르게 뛰지 않아도 땀이 배어 나왔다. 길이 잘 닦여있는 공원이라 뛰기 편했지만, 가끔 나무 데크에서 나는 소리와 흙길의 감촉이 묘한 정겨움을 더해주었다. 호수 위로 반사되는 아침 햇살도 아름다웠다. 친구와 도란도란 이야기를 나누며 천천히 달리니 마음이 평온해졌다.

도시의 달리는 무리와 달리 이곳에서의 사람들은 단 한 명의 러너를 위해 수신호로 길을 비켜주었고, 힘을 내라는 응원도 보태주었다. 작은 도시에서 느낄 수 있는 정겨움이 발걸음마다 함께했다. 오래된 영화처럼 이 도시는 아직도 낭만이 가득한 듯하였다. 그래서 내게는 오늘 달린 이 거리가 8월의 크리스마스 선물처럼 다가왔다.

27. 아무렴 어때

내 마음대로 되는 것은 없다.

계획 세우는 것을 좋아한다. 아니, 좋아했었다. 중고등학교 시절, 학습 계획표에 일주일간의 공부 계획과 하루의 일정을 빼곡히 적곤 했다. 계획한 일을 하나씩 실천해 나가는 것에 기쁨을 느꼈다. 하지만 때때로 계획대로 되지 않을 때가 있었고, 그럴 때면 마음 한구석이 불편해졌다.

점점 계획을 세우는 일이 부담스럽게 느껴지기 시작했다. 계획이 틀어지고 예상치 못한 문제가 생길 때마다 마음이 크게 흔들렸다. 그렇다고 계획을 아예 세우지 않으면 또다시 불안이 밀려왔다. '예상 밖의 일'은 실제보다 더 크게 보였고, 즉흥적으로 내린 결정들은 충분히 고민하지 않았다는 이유로 늘 아쉬움을 남겼다. 거기에 완벽한 선택을 하고 싶다는 욕심까지 더해지니 금세 지치는 건 어찌 보면 당연한 일이었다.

이런 통제적인 성향은 꽤 오랫동안 내 안에 자리 잡

고 있었다. 성인이 되어서도 가끔은 스스로에게 지칠 때가 많았다. 그런데 이상하게도 친구들과 함께 세우는 계획만큼은 달랐다. 오롯이 내 것이 아닌, 함께 나누는 일이었기에 부담이 훨씬 적었다. 되돌아보면, 나는 타인에게는 너그러우면서 정작 자신에게만 지나치게 엄격했던 것 같다.

그러던 어느 날, 긴 거리를 걸으며 이런 생각이 떠올랐다. '계획을 세운다고 해서 정말 모든 일이 내 뜻대로 될까?' 장거리 걷기에 필요한 준비물은 챙겼지만, 예상치 못한 일은 늘 생기기 마련이었다. 그래서 마음을 내려놓기로 했다. 예기치 않은 일이 닥치면, 그때의 내가 알아서 헤쳐나가면 될 테니까.

그렇게 스스로를 옭아매던 계획의 끈을 하나씩 풀어가며 깨달았다. 계획에서 벗어나도 괜찮다는 것을. 세상일은 내 뜻대로 흘러가지 않다는 사실을 받아들이니, 예상치 못한 일에도 크게 흔들리지 않게 되었다.

9월의 무등산

여름의 끝자락, 광주의 무등산을 오르기로 했다. 오랜만에 광주에 사는 친구도 만나고 산행도 할 생각에 설렘이 컸다. 금요일 밤, 광주에 도착한 시간은 짧았지만 충분히 즐거웠다. 내일 무등산에 오르면 이 도시가 더 특별하게 느껴질 것 같다는 기대감이 마음을 채웠다.

다음 날 이른 새벽, 아직 잠들어 있는 친구를 뒤로하고 무등산 등산로로 향했다. 난이도가 높지 않은 산이라는 말을 믿고 트레킹 샌들과 가벼운 복장만으로 나섰다. 그러나 산 입구에 도착하자마자 예상치 못한 문제가 나를 기다리고 있었다.

계곡에서 들려오는 청량한 물소리와 함께, 수도 없이 많은 모기와 날벌레들이 내 주위를 윙윙대며 몰려들었다. 벌레가 있을 거라 어느 정도 예상은 했지만, 이 정도일 줄은 상상도 못 했다. 새카맣게 몰려든 벌레 떼는 온몸에 들러붙으려 했고, 날갯짓 소음이 귀를 쉼 없이 괴롭혔다.

차분히 산행을 즐기고 싶었지만, 방해꾼 같은 벌레들

의 소음은 여전히 고통스러웠다. 게다가 계곡 근처 바위에 낀 이끼 탓에 발걸음을 서두를 수도 없었다. 트레킹 샌들을 신고 있어 조금만 방심해도 미끄러질 것 같아 조심스레 움직일 수밖에 없었다.

그러나 다행히 긴 손수건을 챙겨 온 덕분에 한숨 돌릴 수 있었다. 손수건으로 귀를 감싸니 소음은 금세 잦아들었고, 발걸음 하나하나에 집중하며 산의 고요함을 더 깊이 느낄 수 있었다. 아이러니하게도, 처음엔 크게 느껴졌던 문제들이 이제는 아주 작게 여겨졌다. 마음의 시선을 달리하니 예상 밖의 일도 문제가 될 것은 하나도 없었다.

10월의 계룡산

맛있는 빵도 먹을 수 있고, 산도 오를 수 있는 곳이라면 주저할 이유가 없었다. 그래서 대전은 내게 꼭 가고 싶은 여행지였고, 자연스레 친구와 함께 대전 '등산' 여행을 계획하게 되었다.

출발 전, 기상예보를 확인하니 비가 올 수도 있다는 소식이 있었다. 조금 걱정되긴 했지만, 주변 산악회 버스도 예정대로 출발하는 것 같아 큰 걱정은 없었다. 그래서 별다른 준비 없이 접이식 우산 하나를 등산 가방에 챙겨 넣었다. 아마 비는 하산 후에나 많이 올 것 같았으니, 그 때를 대비하면 될 거라고 생각했다.

이른 새벽, 대전행 KTX를 타고 출발했다. 피곤했지만, 오늘 하루가 즐거울 거라는 기대에 마음이 설렜다. 잠깐 눈을 붙이고 일어나니 어느새 대전역에 도착했고, 친구와 함께 계룡산 등산로 입구로 향했다.

산의 난이도는 예상보다 있었지만, 큰 문제는 아니었다. 그러나 산 정상에 가까워질수록 정말 예상치 못한 일이 벌어졌다. 생각보다 훨씬 거센 비가 쏟아지기 시작했다. 나무 밑에 숨을 곳도 없을 정도로 비는 세차게 내렸다.

조금 당황했지만, 침착하자며 친구와 함께 머리를 맞대고 생각을 모았다. 그리고 가방에서 접이식 우산을 꺼내 들었다. 비 오는 산길에서 우산을 쓰는 경험은 처음이었다. 우비를 챙기지 않았으니, 어쩔 수 없는 선택이었다.

누군가 내게 물은 적이 있다. 산을 오르다 비가 오면 우산을 쓰나요? 난 그 물음에 웃었던 것 같다. 산속에서 우산이라니, 그럴 일은 없을 것이다. 미리 우비를 챙기거나, 비가 많이 쏟아지는 날에는 산을 타지 않겠지.

하지만 그런 일을 실제로 겪으니, 웃음이 나올 수밖에 없었다. 맞다, 산에서 비가 오면 우산을 쓸 수 있다. 몸은 고되고 힘들었지만, 그 상황 덕분에 친구와 나는 웃음을 터뜨렸다. 비가 오면 어때? 우산이 있으니까, 더 이상 신경 쓸 일이 아니었다.

11월의 영남알프스

갈대와 억새가 어우러져 풍경을 이루고 있는 곳이 있다고 한다. 바람도 쉬어가는 곳, 간월재. 성큼성큼 다가오는 겨울을 맞이하며, 영남알프스의 간월산, 신불산, 영축산을 오르기로 결심했다.

3개의 산을 쭉 이어 타야 했지만, 후기를 보니 등산 초보도 영남알프스를 많이 오르는 듯했다. 또 날씨가 좋아 부담도 없었다. 선뜻 이번 등산에 함께하겠다는 친구와 오르기에 안성맞춤이었다. 자정에 출발하는 등산 버스에 오른 뒤, 일출을 보기 위한 새벽 산행을 시작하였다.

등산로 입구에 도착하자 새벽의 찬바람이 정신을 번쩍 들게 했다. 헤드랜턴을 켰지만, 시골길답게 한 치 앞도 보이지 않았다. 그러던 중 갑자기 힘없이 진흙 길에 넘어졌다. 출발을 외친 지 5분도 안 되어 넘어지니 헛웃음이 새어 나왔다.

친구의 도움으로 진흙으로 뒤덮인 오른쪽 다리와 팔을 닦았다. 덕분에 졸음은 모두 사라졌고, 어두운 길에서 더 조심해야겠다는 생각이 들었다. 넘어진 적은 많았지만, 이렇게 진흙에 몸 반쪽을 담그는 것은 처음이었다. 그 순간, 문득 이런 생각이 들었다. 이번 산행도 내 뜻대로 되지 않는구나.

예상치 못한 출발을 시작으로, 뜻하지 않은 일들이 계속해서 일어났다. 여러 산과 마찬가지로 정상 근처에서 바람이 셀 것이라 예상했지만, 정상석에 오르는 것조차 버거웠다. 바람에 몸이 떠밀려갔고, 친구와 함께 서둘러 몸을 낮추며 캄캄한 산길을 헤쳐나갔다. 아직 해가 완전히 떠오르지 않아 탐방로를 찾는 것도 쉽지 않았다.

진흙, 바람, 어두운 산길. 모든 것이 예상하지 못했던 일들이었다. 하지만 그 덕분에 영남알프스의 기념품처럼 진흙 자국을 남기며 추억을 담았다. 거센 바람 속에서, 사람은 본능적으로 바위 밑으로 몸을 숨기게 된다는 사실도 깨달았다. 어두운 길을 헤쳐나가는 과정은, 다음에 더욱 수월할 수 있도록 기억의 길을 남겼다.

정말 내 뜻대로 되는 건 없었다. 그럼에도 불구하고, 예상 밖의 일들을 자연스럽게 받아들이니, 모든 예상치 못한 순간들이 그저 지나가는 대로 즐겨졌다. 아무렴 어떤가. 그래, 아무렴 어때. 내 삶은 그렇게 하나하나 채워지고 있었다.

28. 그 여름의 페이스

훈련일지

어떤 해의 계절을 돌이켜볼 때 저마다 추억이 있을 것이다. 추운 계절에는 졸업식이나 새 학기의 설렘이 떠오를 수 있고, 여름은 더위를 피해 떠난 휴가지나 더위를 잊게 해 준 음식들이 기억에 남을 수 있다. 혹은 그 해 계절에 맞이했던 누군가의 생일과 이제는 함께하지 못하는 누군가의 부재가 떠오를지도 모른다. 각자에게는 그 계절에만 존재하는 소중한 추억과 잊히지 않는 기억들이 있을 것이다.

2024년의 여름은, 나에게 달리기로 가득한 시간이었다. 유난히도 더운 폭염이 이어졌고, 모든 이가 덥다고 호소할 만큼 무더웠던 그 여름이었다. 그 해 여름, 나는 새로운 회사에 입사했고, 무더운 더위에 태어나 생일을 맞이하기도 하였다. 하지만 취업과 생일을 모두 제치고 내 기억에 깊이 남은 것은 오직 나만의 페이스로 달렸던 순간들이었다.

42.195km라는 거리를 뛸 수 있다고? 내 인생에서 아주 멀고도 먼 이야기 같았다. 순례길에서 최장거리였던 34km조차 나에게는 큰 도전이었으니, 그보다 8km나 더 길다는 마라톤은 상상조차 어려웠다. 걸어서 도달한 34km도 나에겐 꽤나 힘든 일이었다. 긴 거리를 제대로 쉬지 않고 오기로 걸은 탓인지, 족저근막염 증상이 악화되었다. 그래서 귀국 후에는 꾸준히 물리치료를 받아야 했다.

아무리 내 몸이 튼튼하다 자부해도 42.195km는 절대적으로 힘든 거리였으며, 이전의 경험에서도 쉽지 않은 거리임을 느낄 수 있었다. 그러나 봄에 하프 마라톤을 완주하고 나니, 풀코스도 가능하지 않을까 하는 생각이 들었다. 가을의 마라톤까지는 8개월이나 남아 있었고, 그 시간 동안 준비하면 충분히 해낼 수 있을 것 같았다.

한국에서 풀코스 마라톤을 뛰려는 사람이 이토록 많은지 몰랐다. 마라톤 신청날은 정말 치열한 경쟁률이 있었고, 우여곡절 끝에 나도 풀코스 마라톤을 신청할 수 있었다. D-228, 수능을 치른 지 10년이 지나 생겨버린 나의 디데이였다. 수험생 기분과 별반 다르지 않았다. 어찌 보면 무모한 도전일지도 모르지만, 이 디데이가 나에게 남겨준 여름은 아직도 반짝이며 추억되는 듯하다.

7월 26일 D-100, 누적거리 235km

6월 1일, 친구와 같이 참가한 10km 마라톤부터 뜨거운 여름의 시작을 알렸다. 아침저녁으로는 아직 선선하여 괜찮았지만 7월에 접어들고 나서부터는 조금만 뛰어도 온몸이 땀으로 흠뻑 젖어들었다. 정말 머리에 수도꼭지를 틀어놓았다는 표현이 딱 맞아 들었다.

머리를 묶은 날엔 땀이 머리카락을 따라 줄줄 흘러내렸다. 아침과 저녁 시간을 활용해 하루에 두 번씩 운동했고, 집 앞에서 하프마라톤 거리를 뛰며 훈련을 하기도 했다. 새벽에는 헬스장에서 보강 운동과 짧은 거리 달리기를 했고, 저녁에는 퇴근 후 아쉬운 마음에 조금 더 뛰어 하루에 10km 이상을 달렸다.

오늘은 7월이 채 끝나지도 않았지만, 235km를 달렸다는 숫자가 휴대폰에 표시되었다. 무언가에 몰두하여 푹 빠졌던 날들이었다. 벌써 마라톤이 100일 뒤였지만,

이 숫자를 보니 다가오는 풀코스 마라톤이 두렵지 않았다. 총 달린 거리의 마일리지가 마라톤 성공 지표가 된다고 말한다. 235km라는 객관적인 데이터는 내 흔들리는 마음을 고정시켜 주는 숫자였다.

8월 30일 D-65, 매일 15km

7월에는 정말 성실히 달렸지만, 8월에는 여름휴가와 여러 일정으로 인해 목표했던 거리만큼 달리지 못했다. 최소 200km를 뛰겠다는 다짐이었지만, 8월 마지막 주가 다가올 때까지도 130km를 넘기지 못했다. 다가오는 마라톤에 실패하게 될 나 자신이 상상되었다.

덜컥 드는 두려운 마음에 8월 마지막주에 매일 15km를 달려 200km를 채워보자는 마음이 들었다. 결코 쉬운 도전은 아니었다. 격일로 뛰는 15km도 지치기 쉬운데, 이 삼복더위에 매일 15km를 뛰어야 했다. 그러나 단 5일 만이라도 나와의 약속을 지키고 싶었다.

동기부여를 위해 새 러닝화를 샀고, 카본화의 뽀득뽀득 소리를 들으며 뛰었다. 어느 날은 7.5km 지점까지 달린 후에 다시 달린 거리를 반환해 돌아왔고, 어느 날은 5km 거리를 반복하여 15km를 채웠다. 조금이라도 질리는 기분이 들지 않게 뛰다 보니 어느새 수요일이 다가왔고, 오늘이 도전의 마지막 날이었다.

자주 찾는 집 앞 공원을 지나 오이도의 빨간 등대 근처까지 달렸다. 하루를 참으니 이틀을 보낼 수 있었고 그 시간들이 쌓여 마지막 15km를 채웠다. 스스로에 대한 믿음과 자신감이 차오르는 날이었다. 퇴근 후 매일 15km를 달릴 수 있는 체력이 생긴 나를 보며, 8월의 여름이 나를 더 단단하게 만들었음을 느낄 수 있었다.

9월 29일 D-35, 30km LSD

추석 연휴 동안 하프 마라톤보다 더 긴 25km를 뛰어보았다. 그 경험이 크게 부담스럽지 않았기에, 이번에는 30km에 도전하기로 했다. 가을이 성큼 다가왔기에 더 이상 장거리 LSD 훈련(*LSD, Long Slow Distance의 약어로 긴 거리를 천천히 달리는 것)을 미룰 수 없었다.

일요일 점심에 곧 있을 장거리 훈련을 위해 밥을 배

불리 먹었다. 해가 지기 시작하는 4시쯤에 나가볼 생각이었다. 20km 정도까지는 중간에 물을 보충하지 않아도 견딜 수 있었지만, 지난번 25km 뛰었을 때 갈증을 많이 느꼈다.

그 경험을 토대로 이번에는 급수를 위해 물에 에너지포를 섞어서 벤치에 두었다. 2km 정도 뛰었을까? 누군가 물을 가져갔는지 물통이 사라졌다. 물이 원래부터 없었다면 모를까 갑자기 사라진 물을 보자 갈증이 계속 밀려왔다. 더불어 물러날 줄 모르는 이 햇빛과 더위가 괴로웠다.

3km 정도 되는 거리를 10번 반복하여 30km를 채울 계획이었다. 7번 정도 똑같은 거리를 달렸을 때, 도저히 참을 수 없었다. 결국 편의점에 달려가 물을 한통 비워냈다. 물을 먹고자 잠시 멈추니, 갑자기 포기할까?라는 생각이 파고들었다. 그리고 동시에 다리에 매우 무거운 추가 달린 기분이었다.

이 감각이 사람들이 때때로 말하는 '다리가 감긴다.'라는 것인가 싶었다. 심박수도 높지 않고 크게 지치는 느낌도 없었지만, 다리가 무거우니 아무리 속력을 내려고 해도 뛰어지지 않았다. 마치 온수에 몸을 담그고 있다가 물밖으로 빠져나오기 위해 걸어 나오는 기분이었다. 그러나 포기라는 감정이 들 때마다 그동안 쌓아온 거리가 아까웠다.

그래서 오기로 달렸다. 그동안 달렸던 나에게 미안한 감정이 들었다. 30km를 달리기 위해 뛰었던 5km, 15km가 생각나 이제는 해가 저물어버린 깜깜한 공원을 계속 뛰었다. 29km를 뛰어도 마지막 1km는 참 힘들었다. 10km처럼 느껴지는 마지막 1km를 달려 결국 30km를 완주했다.

다 뛰고 나니 첫 번째로 드는 생각은 여기서 어떻게 12km를 더 달려서 42.195km를 뛰는 것인가 하는 의문이었다. 여름 내내 단단해졌던 마음이 무너져 내렸다. 그저 겸손할 수밖에 없었다. 3시간 30분 동안 달려 지친 다리를 끌고, 해가 다 저문 밤에 집으로 터덜터덜 들어왔다. 아무리 달려도 마라톤은 쉽지 않았다.

10월 13일 D-21, 서울 달리기 하프마라톤

지난주 10km 마라톤에서 나는 올해 봄의 나를 뛰어넘었다. 48분 39초라는 기록으로, 지난봄의 55분 08초보다 약 7분이나 빨랐다. 여름 내내 땀에 흠뻑 젖으며 달린 노력은 결코 헛되지 않았던 것이다. '과연 50분 안에 들어올 수 있을까?' 했던 나 자신에 대한 의심이 완전히 사라질 수밖에 없었다.

오늘은 그 10km 마라톤을 끝내고 일주일이 지났다. 지난주에 보였던 나의 성장을 느끼며, 오늘의 하프마라톤도 좋은 결과가 있으리라 생각되었다. 서울 달리기 마라톤은 가을에 열리는 풀코스 마라톤을 앞둔 사람들의 모의고사와 같다고 했다. 풀코스의 절반을 달리며 여름 내내 쌓아온 자신의 노력을 시험 치를 수 있는 날이었다.

10월이라면 쌀쌀해야 하지만 올여름은 끝나지도 않았는지, 가을을 밀어내고 있었다. 그래서 크게 몸을 풀지 않아도 몸이 굳지 않았다. 올해에만 6번의 마라톤을 참가했기에 오늘 마라톤도 부담되는 것은 없었다. 다만, 그 모의고사에 나를 시험해보고 싶었다.

평소와는 다르게 페이스를 자주 확인하며 뛰었다. 첫 번째 경사구간을 지나가니 그 이후로는 평지가 계속되어 큰 어려움은 없었다. 그러나 청계천 옆을 뛸 때에는 분명 평지임에도 불구하고 묘하게 경사가 느껴졌다. 후에 들어보니 이 언덕은 평소 걸을 때는 모르지만, 뛸 때만 느껴지는 이상한 경사라고 한다.

그 이상한 경사를 지나 반환하니 약 5km 정도가 남았다. 페이스를 보며 무리해서 뛴 탓인지 다리가 무거워지는 듯했다. 그때 페이스메이커(*Pacemaker:중거리 이상의 달리기 경기에서, 기준이 되는 속도를 만드는 선수) 분이 눈앞에 보였다. 그분은 자신의 페이스를 알려주며, 사람들을 응원했고 피니쉬 라인에 가까워지자 본인을 앞질러 질주하라며 소리치셨다.

그분의 힘찬 목소리에 마치 회초리를 피해 도망치는 사람처럼 마지막 힘을 짜냈다. 이미 지쳤다고 생각했던 다리도 어느새 속도를 내며 계속 앞으로 나아갔고, 결국 1시간 49분 42초라는 기록으로 피니시 라인에 도달했다. 목표로 했던 1시간 50분 이내 완주를 이루어낸 순간이었다.

오늘은 나의 모의고사 날이었다. 목표했던 기록을 달성했고, 비록 3주 후에 오늘 뛴 거리를 다시 한번 달려야 하지만, 마음은 개운하기만 했다. 풀코스를 완주한 것도 아닌데, 그동안 달려온 시간들이 파노라마처럼 스쳐 지나갔다. 노력은 결코 헛되지 않음을 다시금 느낄 수 있었다.

10월 27일 D-7, 일주일을 앞두고

지난주 마지막 장거리 훈련으로 하프마라톤 거리를 달렸다. 그 훈련을 끝으로 여름 내내 이어진 나의 훈련을 마무리했다. 요즘은 점차 훈련량을 줄여가고 있다. 앞으로 일주일은 더 거리를 줄이며 조깅만 하고, 평소보다 잘 챙겨 먹는 한 주가 될 것이다.

매달 200km를 넘게 달렸다. 그러나 역설적이게도 마라톤 날짜가 다가올수록 스스로에 대한 의심이 커져만 갔다. 느리게 달리는데도 너무 힘들게 느껴졌고, 평소보다 몸이 무겁게 느껴져 그동안 마라톤에서 어떻게 그 속도로 달렸는지 기억조차 나지 않았다.

10월에 참가했던 10km 마라톤과 하프마라톤에서 자주 떠올랐던 생각이 있다. 혹독한 자기 채찍질일지 모르지만, 포기하고 싶은 순간마다 '이러려고 여름에 훈련한 거야?'라는 질문이 머릿속을 맴돌았다. 그래서 조금이라도 지치면 더 속도를 낼 수 있었고, 매 대회마다 개인 최고 기록을 경신할 수 있었다.

하지만 요즘은 스스로에게 질문을 던져도 도무지 힘이 나지 않았다. 너무 열심히 달려서 그런 건지, 아니면 훈련량을 갑자기 줄여서 그런 건지 알 수 없었다. 의문이 쌓여 다른 마라톤 참가자들은 어떤지 자주 살펴보게 되었다.

다양한 러너들을 보며 나와 비슷한 사람들을 찾기도 했고, 나와 달리 마지막까지 열심히 훈련하는 이들도 있었다. 그들을 보며 안심되기도 하고, 반대로 스스로에 대한 의구심이 생기기도 했다. 하지만 이제는 그런 의심을 접어둘 때다. 그저, 덤덤하게 다가오는 마라톤을 마주할 시간이다.

D-DAY 228은 어느새 7로 줄어들었다. 뜨거웠던 여름, 나만의 페이스로 꾸준히 달렸다. 이런저런 핑계를 대지 않고 30도 땡볕 아래서도, 폭우 속에서도 핑계 없이 달려왔던 내 모습이 떠오른다. 수능을 치른 지 10년이 지나 나의 두 번째 수능날이 다가오고 있었다.

FULL
E그룹
FULL
E그룹

29장. 26.2 mile

나의 두 번째 수능날, FULL Marathon

나는 중요한 시험을 앞두고 나의 상태를 보면 준비가 얼마나 되었는지 알 수 있었다. 시험 당일 아침, 아무것도 손에 잡히지 않고 떨리는 마음이 가득했다면, 준비가 부족했던 경우가 많았다. 반면에, 시험지를 빨리 받아보고 싶은 마음이 들 때는 이미 내가 할 수 있는 모든 준비를 마쳤던 때였다.

모든 준비를 끝냈을 때는 눈을 감으면 시험 내용이 머릿속에 선명하게 그려졌다. 하얀 종이를 받으면 알고 있는 내용을 망설임 없이 쏟아낼 수 있을 것 같았다. 혹시 모르는 문제가 나오더라도, '이 정도면 최선을 다했다.'라는 생각이 들었다.

운동도 여느 시험처럼 느껴지는 순간이 많았다. 한때 나는 설악산을 오르는 일을 내 목표로 아껴두었다. 우리나라에서 가장 높은 난이도의 산이라 불리는 그곳에 오르기 위해, 23개 국립공원 중 10개 이상의 산을 미리 올라 준비했다.

여름부터 겨울까지, 암릉에 대한 두려움을 이겨내고 체력의 한계도 극복했다. 그렇게 경험이 쌓이다 보니 설악산을 앞두고는 긴장보다는 설렘이 더 컸다. 나에게 설악산은 더 이상 두려운 존재가 아니었다. 이미 준비는 끝났고, 이제 오르는 일만 남았을 뿐이었다.

그리고 예상대로, 설악산은 어렵지 않았다. 오히려 그동안 올랐던 다른 산들이 더 힘들게 느껴질 정도였다. 매달 한두 개의 산을 오르며 쌓은 경험 덕분이었을 것이다. 아마 인생의 모든 시험도 이와 같지 않을까. 출발선에 서는 순간 이미 결과는 정해진다. 준비의 과정이 결과를 정직하게 말해주는 것처럼 말이다.

⋙ ⋙ ⋙

마라톤을 준비하다 보면 완주 경험자들이 공통으로 하는 말을 들을 수 있다.

"대회 2주 전부터는 어떤 노력을 해도 결과는 달라지지 않는다."

그 긴 거리만큼이나 꾸준하고 장기적인 노력이 필요함을 보여주는 말이다. 마라톤은 단거리 경주와는 다르기 때문에 벼락치기나 요령으로는 결코 통하지 않음을 알 수 있었다. 그래서 출발선에 다가갈수록, 그동안 여름내내 쌓아온 노력을 믿고 차분히 기다릴 수밖에 없었다.

하지만 그런 차분함을 유지하려 할 때마다, 30km를 넘긴 후 남은 12.195km의 거리가 두려움으로 다가왔다. 평소에는 짧게 느꼈을 그 거리가 30km 뒤에 있다고 생각하니 아주 아득하고도 불안하게 느껴졌다.

그럼에도 불구하고 시간은 흐르고, 어느새 나는 그 두려움을 안고 출발선 앞에 서 있었다. 마치 수능 날처럼, JTBC 마라톤이 성큼 다가온 것이다.

대회 날 새벽같이 집을 나섰고, 환승하기 위해 지하철을 갈아타며 깜짝 놀랐다. 환승역에 이미 엄청난 인파가 몰려 있었다. 서울로 출퇴근하지 않는 나로서는 출근길의 지하철을 잘 모르지만, 지하로 내려가는 계단부터 줄을 서야 할 정도라니 생소한 풍경이었다.

지하철 안에서는 떠밀려 타느라 팔조차 제대로 움직일 수 없어 답답했다. 우여곡절 끝에 도착한 집결지는 집결지대로 놀라웠다. JTBC 마라톤이 한국 3대 마라톤 중 하나라는 얘기를 들었지만, 막상 대회를 준비하며 느낀 규모는 이전에 경험했던 어떤 대회와도 비교할 수 없을 만큼 컸다.

짐을 맡기고 몸을 풀며 주변을 둘러보니, 달리기로 유명한 얼굴들이 곳곳에 보였다. 영상 속에서 항상 여유로워 보이던 그들도 오늘만큼은 긴장한 표정이었다. 어쩌면 이날은 나만의 수능이 아니라, 모든 러너에게도 '수능' 같은 날이었을 것이다.

나름 일찍 집결지에 도착했다고 생각했는데, 어느새 출발 시간이 다가왔다. 앞선 A조부터 차례로 달리기 시작했고, 사람들이 하나둘 출발선을 넘어 나가는 모습이 보였다. 그리고 그 순간, 마음 한구석에서 아직 맞이하기엔 이른 감정이 밀려왔다.

그동안 쏟았던 노력이 하나둘 떠올랐다. 때로는 왜 내가 이런 힘든 도전을 시작했을까 후회하기도 했고, 또 어떤 날에는 '그래, 언제 또 이렇게 달려보겠어.'라는 생각을 하며 스스로를 다독였다.

출발선을 넘기도 전에 울컥하는 감정이 밀려왔지만, 그 감정을 만날 준비가 되지 않았기에 재빨리 마음속에 넣어두었다. 아직 그 감정을 마주하기엔 이르다고 생각하며, 다른 생각으로 그 감정을 눌렀다. D조의 사람들이 하나둘 달려 나가는 모습을 천천히 지켜보았고, E조의 출발 신호를 기다렸다.

그리고 E조 출발. 페이스를 알려줄 시계를 누르고 출발선 위에 발을 디뎠다. 태양은 그 어떤 대회보다도 강렬하게 떠올랐고, 끝없이 펼쳐진 러너들의 물결 속에서 나도 한 걸음씩 내디뎠다. 초반의 호흡을 천천히 다잡으며 달리다 보니, 어느새 3km를 지나고 있었다.

훈련 때 왼쪽 발목의 불편함이 종종 신경 쓰였는데, 오늘은 그 통증이 조금 더 선명하게 느껴졌다. '기분 탓이겠지' 하고 애써 무시하며 달리고 있을 즈음, 신발에서 이상한 소리가 들렸다. 아마 신발 밑창 홈 사이에 돌멩이가 낀 것 같았다.

수없이 연습했어도 신발에 돌이 낀 적은 한 번도 없었기에, 처음 겪는 일에 당황스러웠다. 갓길이 보이자 급히 멈춰 신발을 확인했지만, 아무것도 보이지 않았다. 대회 중이라는 긴장감에 심박수도 이미 오를 대로 오른 상태라 그런지 더 집중할 수가 없었다.

어쩔 수 없이 이 장애물과 함께 달리기로 마음먹고 다시 뛰기 시작했다. 그리고 배수구 근처에서 강하게 발돋움하자 돌멩이가 빠져나갔다. 그 순간 느낀 해방감은 말로 표현할 수 없을 정도였다. 정말 앓던 이가 빠진 기분이었다. 이후로는 보이지 않았던 주위 풍경과 러너들이 하나둘 눈에 들어오기 시작했다.

누군가는 독특한 의상을 입고 이벤트처럼 달리고 있었고, 또 누군가는 오랜 준비 끝에 나온 듯 묵묵히 자신의 페이스를 지키고 있었다. 시각장애인 러너, 은퇴를 훌쩍 넘긴 고령의 러너, 같은 목표를 향해 함께 달리는 러너들까지. 모두가 각자의 이야기와 함께 한 방향으로 나아가고 있었다. 그들과 함께 집중하며 달리다 보니 벌써 20km를 지나고 있었다.

올해 내 목표는 욕심을 조금 부려 4시간 안에 들어오는 것이었다. 지금 페이스라면 충분히 가능할 것 같았다. 그러나 25km를 넘어가면서 점차 체력이 떨어지는 것이 느껴졌다. 평년보다 높은 기온 탓인지 갈증도 더 자주 밀려왔고, 평소보다 느린 페이스로 뛰고 있음에도 몸이 가볍지 않았다.

20km까지 함께 뛰던 사람들도 어느새 보이지 않았다. 이제는 정말 나만의 페이스로 달려야 할 때였다. 챙겨온 에너지 젤을 언제 먹을지 계산하며 뛰는 동안, 다행히도 거리에 대한 부담감은 느껴지지 않았다. 아마도 내가 뛰어온 거리를 되돌아보지 않았기 때문일 것이다.

"왔던 거리만큼 더 가야 한다."는 생각 대신 "5km만 더 가면 30km야", "조금만 더 가면 35km야"라는 식으로 가까운 목표를 상상하며 뛰었다. 그렇게 하니 거리에 대한 부담감이 점점 줄어들었다.

때때로 옆에서 내 배번호에 적힌 이름을 보고 응원해 주는 사람들도 있었다. 얼굴도, 이름도 모르는 사람들이 건네는 응원의 말은 생각보다 큰 힘이 되었다. 어떤 이들은 아픈 부위에 파스를 뿌려주었고, 또 어떤 이들은 힘찬 목소리로 격려하며 나를 뒤에서 밀어주었다. 그 고마운 응원에 팔을 치는 속도를 가하며 힘을 낼 수 있었다.

그러다 보니 어느덧 35km 지점이 눈앞에 보였다. 연습했던 30km를 넘어서 난생처음 경험하는 거리였다. 주변에는 점점 더 많은 사람들이 걷기 시작했고, 더운 날씨와 급수 부족으로 다리에 경련이 난 채 멈춰 앉아 있는 러너들도 보였다.

그리고 결혼반지도 무겁다며 벗어버리고 싶어진다는 '그 한계 거리'에 다가가고 있었다. 시계를 보니 초반보다 페이스가 확연히 떨어져 있었다. 그제야 알았다. 내가 생각한 대회 페이스는 연습했던 거리까지만 유효하다는 것을. 참으로 정직하게도 말이다.

다행히도 다리 경련은 오지 않았다. 그래서 38km를 지나자마자, 속도를 조금 더 내기로 결심했다. 힘이 남은 채로 끝내고 싶지 않았다. "끝까지 다 해보자" 라는 생각이 들었다. 그리고 정신이 육체를 이끈다는 말처럼, 다리를 굴리는 데 속도가 붙기 시작했다.

마지막 언덕을 오를 때는 심장이 터질 것 같았지만, 내리막길에서는 그 힘을 받아 42.195km 중 가장 빠른 페이스로 피니시 라인을 향해 달려갈 수 있었다. 디데이를 세며 이 순간을 꿈꿨다. 피니시 라인을 넘어서는 모습.

풀코스 마라톤은 내 인생에 없을 거야, 아니면 아주 멀고도 먼 미래의 일이겠지. 그렇게 스스로에게 던졌던 말들은 나를 타고 흐르는 바람에 지워졌다. 아마 내 마음속에는 이미 피니시 라인이 그려져 있었을 것이다. 그리고 무더운 여름을 건너는 순간, 그 선을 넘고 있었을지도 모른다.

4시간 11분 16초. 42.195km를 완주했다. 42.195km를 mile로 환산하면 26.2 mile, 1 mile은 천 걸음에서 시작된다고 한다. 나의 수많은 걸음이 모여 26.2마일을 완성했다. 그러나 신기하게도 실감은 나지 않았다. 어쩌면 생각보다 42.195km는 멀지 않았을지도 모른다. 그 거리가 아득하게 느껴지게 만든 건, 결국 내 두려움이 쌓아 올린 벽이었을 것이다.

가쁜 숨을 고르자 완주 메달이 목에 걸렸고, 비로소 '마라토너'라는 이름이 내게 주어졌다. 완주한 사람들 속으로 걸어가며, 달리기를 시작한 이래 처음으로 바닥에 주저앉았다.

연습 중에도 이렇게 주저앉고 싶었던 순간들이 많았다. 아무리 아름답게 포장해도, 힘들고 지치는 날이 분명히 있었다. 쏟아지는 비와 뜨거운 해를 피해 집으로 들어가고 싶었던 순간들, 더 자고 싶어 눈꺼풀이 무거웠던 날들. 그럼에도 매일 러닝화에 발을 밀어 넣었다.

12년을 기다린 첫 번째 수능이 지나고, 10년 뒤 열두 달을 기다린 나의 두 번째 수능이 끝나가고 있다. 수없이 지우고 고쳐 쓴 10년 전 답안지처럼, 이번 수능도 정답을 찾기 위해 여러 생각을 쓰고 고쳐나갔다. 내 페이스는, 내 계산은 모두 백 점짜리 답안지였을까? 그건 아무도 채점할 수 없을 것이다.

한 가지 확실한 것은, 수능이 끝난 후 되돌아본 답안지처럼 마라톤 역시 내가 걸어온 길을 되새기게 한다는 것이다. 매번 신발 끈을 고쳐 매며, 그 모든 순간이 나를 출발선에 서기로 결심하게 만든 것처럼.

내가 출발선에 서기로 한 그 순간부터 마라톤은 이미 시작되었음을 느끼며, 또 다른 여정을 기다린다. 세 번째 수능, 아니 나의 두 번째 마라톤을.

30장. 내가 가는 곳은

P at h, 길 위에서

대학교에 입학하기만 하면, 회사에 입사하기만 하면 모든 것을 이룬 것처럼 느낀 적이 있었다. 혹은 높은 정상에 올라서기만 하면, 원하는 자리에 도달하기만 하면 모든 것을 가진 기분이 들 거라고 믿었다. 하지만 그런 순간에 '허무함'이라는 감정이 찾아오는 사람들을 보게 된다.

높은 목표를 이루는 것이 아니더라도, 우리는 일상에서 비슷한 허무함을 느끼곤 한다. 정말 사고 싶었던 옷이나 신발을 손에 넣고 나서 의외로 "괜히 샀나?"라는 생각과 함께 무덤덤함을 느껴본 적이 있을 것이다. 손에 쥐는 순간 그토록 원하던 것이 그렇게 특별하지 않음을 깨닫는 순간들 말이다.

치열하게 달려온 날들 뒤에 찾아오는 감정은 종종 매너리즘을 동반하기도 한다. 삶은 고통과 권태 사이를 끊임없이 오가는 여정과도 같다. 고통 속에서는 편안함을 갈망하고, 편안함 속에서는 다시 무언가를 갈구하며 고통을 찾아 나서기도 한다. 마치 도파민에 중독된 것처럼 말이다.

여러 산을 오르고, 순례길을 완주하고, 풀코스 마라톤까지 달려보았다. 하지만 나는 종종 그 끝에서 마주할 감정이 두려워지곤 했다. 산 정상에 도달했을 때, 산티아고 데 콤포스텔라의 대성당 앞에 섰을 때, 42.195km의 피니시 라인을 넘었을 때, 그 순간이 아무것도 아닌 것처럼 느껴지지는 않을까 하는 걱정이었다.

그래서 나는 점점 산을 천천히 오르고 싶어졌다. 줄어드는 순례길이 아까워 발걸음을 더디게 하고 싶었다. 다가오는 마라톤의 디데이가 조금만 더 천천히 다가왔으면 했다. 어쩌면 이런 마음은 내가 은연중에 느낀 그 마지막에서의 '감정' 때문이었을 것이다.

⋙ ⋙ ⋙

집 밖으로 나와 산을 오르고, 긴 거리를 걷고 뛴 지 3년이 지났다. 그전까지 내 생활반경은 퇴근 후 집이 전부였다. 7평짜리 원룸, 그 안에서도 방 한쪽에 놓인 침대 위에 누워 있는 게 대부분이었다. 그러던 어느 날, 집 앞 공원을 걸어 나와 헬스장을 찾았다. 헬스장에서 시작된 작은 변화는 공원에서 뛸 체력을 만들어 주었고, 그렇게 나는 처음으로 600m짜리 산을 오를 수 있었다.

처음 발을 내딛는 게 어려웠지, 한 걸음씩 나아가다 보니 내 생활반경은 점차 1,700m 높이의 산과 10,590km 떨어진 타지까지 넓혀졌다. 이제는 주위 사람들이 "왜 갑자기 운동해?"라고 묻지 않는다. 대신 "다음은 뭐야?"라는 질문을 자주 듣는다. 이제는 오히려 내가 운동을 멈추면 주위 사람들이 더 놀랄지도 모른다.

3년 동안 수많은 길 위에 서 있었다. 그러나 그 길들 위에 '정답'은 없었다. 800km를 걸어도, 42.195km를 뛰어도 길 위에 서기 전과 후의 나는 달라지지 않았다. 큰 깨달음을 얻어 인생이 180도 바뀐 적도 없었고, 외면하거나 부딪혔던 문제들이 해결된 적도 없었다. 나는 여전히 '나'였고, 여전히 이전과 다를 것 없는 길 위에 서 있었다.

그럼에도 불구하고, 나는 여전히 산을 찾고 길을 걸으며, 쉼 없이 달리고 있다. 길 위에서 '정답'은 찾을 수 없었지만, 길 위에서 얻는 것은 정말 많았다. 길은 인생과 닮아 있었다. 그래서 사람들이 인생을 마라톤에 비유하는 걸까? 시험에야 정답이 있겠지만, 인생이라는 여정에는 정답이 없으니까.

어떤 길을 선택하느냐는 중요하지 않았다. 어떤 속도로 가는지도, 어떤 방법으로 그 끝에 도달하느냐도 중요하지 않았다. 심지어 그 길의 끝이 어디인지조차 중요하지 않았다. 나의 마지막 도착지는 산 정상도, 산티아고 대성당도, 두 다리로 달려 도착한 올림픽공원도 아니었다.

한계를 정하지 않고 길 위에 서다 보니, 사람들이 걱정하는 '매너리즘'에 빠질 틈도 없었다. 그저 나만의 페이스로, 나만의 방법으로 꾸준히 나아가는 것.

그것만이 내가 길 위에 서는 방식이었다. 그래서 나는 여전히 킬리만자로의 우후루 피크와 세계 7대 마라톤, 그리고 두 번째 카미노를 꿈꾼다.

내가 가는 곳은 1,950m를 올라 만난 백록담이 되기도 했고, 800km 떨어진 산티아고가 되기도 했다. 42.195km를 달려 도착한 피니시 라인도 내가 가는 곳이었다. 그러나 그 어느 것도 나의 마지막 도착지가 아니었다. 내가 가는 곳은, 내 두 발로 설 수 있는 모든 곳이다.

에필로그

너의 길

선선한 바람이 지나고, 눅눅한 공기와 함께 봄기운이 스며들던 어느 날, 나는 늘 말로만 계획하던 일을 실천하기 위해 헬스장을 찾았다. 그동안은 추워서, 더워서, 헬스장이 멀어서, 일이 바빠서, 혹은 운동할 체력이 없다는 핑계로 미루기만 했다. 하지만 이번에는 달랐다. 어떤 핑계도 댈 수 없는, 운동을 시작하기에 완벽한 시기였다.

긴장된 마음으로 들어선 헬스장은 까만 바닥 위로 울려 퍼지는 시끄러운 음악과, 무거운 무게를 내려놓는 둔탁한 소리로 가득했다. 노래의 가사에는 온갖 파티와 유흥이 섞여있었지만, 이곳에 있는 사람들의 표정과 행동은 그 가사와는 아주 먼 사람들 같았다. 말 그대로 건강함의 기운만 감도는 헬스장이었다.

안내데스크에는 트레이너 선생님들이 회원들과 이야기 중이었다. 그 주위로 쭈뼛거리고 다가가니, 트레이너 한 분이 내게 어떤 일로 방문했냐 물었고 나는 마음먹은 말을 꺼냈다. 헬스장 등록과 함께 PT 수업을 받고 싶었다. 내 짧은 말 뒤로 트레이너 선생님의 긴 설명들이 덧붙여졌다.

그중 운동의 목적이 무엇이냐는 물음이 들려왔다. 다이어트, 바디프로필, 보조운동 등 다양한 목적을 사람들은 답하는 것 같았다. 하지만 앞서 말한 것들은 내가 운동을 결심한 사유가 아니었다.

"버스를 놓칠 것 같을 때, 뛰어도 숨이 차지 않았으면 좋겠어요."

정말 내가 직접 체감한 목적이었기 때문에 이렇게 말할 수 있었다. 트레이너 선생님은 조금 황당한 나의 말에 아마 기초체력이 부족해서가 클 것이라고, 유산소 운동을 권해주었다. 사실상 PT 수업과는 조금 멀었던 나의 운동 목적이었다.

사람들은 일상 속 체력의 한계를 느끼고 운동의 필요성을 절감하지만, 역설적으로 그 운동을 할 체력이 없어 시작조차 못 한다고들 한다. 나 역시 그랬다. 하지만 이번에는 그 악순환의 고리를 끊고 싶었다. 핑계는 더 이상 통하지 않았다.

»» »» »»

여러 길을 마친 뒤, 주위 사람들은 종종 내게 어땠느냐고 물어보았다. 평소에 느끼는 바를 크게 표현하지 않는 유형이라 그런지 내가 느꼈던 바를 전달하기란 쉬운 일이 아니었다. 좋았어. 혹은 힘들지만 즐거웠어. 정도로만 표현할 수 있다면, 내가 어떻게 표현하는 사람인지 유추하기 쉬울 것이다.

하지만 그 말로는 다 담을 수 없는 이유가 있었다. 무언가를 완주한 뒤 느끼는 감정이 대단하리만치 크지도, 반대로 죽을 것만 같은 기분에 휩싸여 기억에서 지워버리고 싶었던 적도 없었다. 최악을 예상 했지만 생각한 것만큼 최악은 없었고, 그 끝에 있을 최고의 순간을 기대하지만 사실 그런 정말 멋진 순간은 없었다.

결국 끝은 언제나 비슷했다. 내가 쌓아온 경험 중 하나일 뿐이었으니까.

그래서 나는 그런 이유로 글을 쓰기로 했다. 말로는 다 담을 수 없었던 많은 감정을 기록으로 남기기 위해서. 그리고 분명한 한 가지를 말하고 싶었다. 그 모든 경험이 지나고 나면, 결국 일상 속에서 나를 움직이는 힘으로 남는다는 것을.

한때 나는 수많은 핑계를 만들어 스스로를 가두고, 가능성을 일찍 포기해버렸다. "난 겁이 많으니까." "난 남들처럼 대단하지 않으니까." 그런 이유들은 나를 점점 더 겁 많고 수동적인 사람으로 변하게 했다.

그러던 내가 버스를 놓치기 싫다는 이유로 운동을 시작하자 점차 내 한계는 하나씩 허물어졌다. 남을 기준으로 삼지 않고 오롯이 나를 기준으로 삼으며 내 페이스를 찾았다. 남을 보며 위안을 얻지도, 자존감을 깎지도 않았다. 나는 그저 '나'를 통해 내 수준을 알아가고 깨어나갔다.

이제는 알 수 있었다. "나는 이런 사람이니까."라는 말만큼 나 자신을 비겁하고 초라하게 만드는 말은 없다.

어느새 "남이 하니까 나도 할 수 있을 거야."라는 막연한 기대도, "저 사람도 못했으니 나도 못 하겠지." 라는 의구심도 사라졌다. 대신 내가 해봤던 경험에 비추어 "이건 가능하다." 혹은 "이건 조금 무리일 거야." 라는 객관적인 판단만이 남았다. 정말 난, 내 분수를 알게 되었다.

나만의 페이스를 알기 위해 한 걸음씩 움직이고, 자신의 한계를 알아가는 과정. 이 단순한 반복이 짧은 시간 동안 나를 단단하게 만들어주었다. 그 과정 속에서 나는 나 자신을 마주하고 나만의 길을 걸어가는 용기와 힘을 얻었다. 아마 그 힘 덕분에 나는 앞으로도 새로운 길 위로 나아가게 될 것이다.

새로운 길을 꿈꾸며, 이 글을 마친다. 글이 끝난다

고 하더라도, 내 두 발이 닿는 길은 앞으로도 끝없이 이어질 것이다. 이 책을 읽은 당신에게도 마음을 전하고 싶다. 책을 덮고, 당신만의 길을 떠나보기를. 그 길 위에서 무엇을 만나게 될지는 아무도 알 수 없지만, 그 길 위에서의 모든 순간을 응원한다고 말하고 싶다.

네모난 마음을 창 밖으로 던졌다

초판 발행 2025년 2월 17일

지은이 오소정

발행인 정유진
발행처 노북(no book)
주 소 서울특별시 서초구 강남대로53길 8 11층
전 화 050-71319-8560
팩 스 050-4211-8560
출판등록일 2018년 7월 27일
등록번호 제2018-000072호
E-mail nobookorea@gmail.com

ISBN 979-11-90462-59-4 [03810]

내 가 가 는 곳 은

8 0 0 k m

4 2 . 1 9 5 k m

1 9 5 0 m